失格紋の
最強賢者18
〜世界最強の賢者が更に
強くなるために転生しました〜
著 進行諸島
ill. 風花風花

焼けました!

魔物の異常発生を調査するマティアスたち。
発生地点と思われる「ワルドア」へと向かう道中、
休息を兼ねて食事を摂ることに。
美味しそうです～……

魔物の群れからマティアスたちを守る熾星霊。
未知の言語で会話をする彼らの内の一人が、
前世の時代にあった古の言語で語りかける。

私の言葉——…
聞きとれますか？

禍々しい黒雲からドラゴンが
生まれてしまうと読んだマティアスは、
上空で迎え撃つことを決意―。

変身したイリスをも超える
巨大なドラゴンと対峙する!!

失格紋の最強賢者

〜世界最強の賢者が更に強くなるために転生しました〜

Shikkakumon no
Saikyokenja

しっかくもんのさいきょうけんじゃ

18

著 進行諸島

ill. 風花風花

Story by Shinkoshoto
Illustration by Kazabana Huuka

character

アルマ
=レプシウス

親に結婚相手を決められるのが嫌でルリイとともに王立第二学園に入学した少女。「第二紋」の持ち主で、弓を使うのが得意。

ルリイ
=アーベントロート

王立第二学園に入学するためアルマと一緒に旅してきた少女。魔法が得意で魔法付与師を目指している「第一紋」の持ち主。

マティアス
=ヒルデスハイマー

古代の魔法使いガイアスの転生体。圧倒的な力を持つが常識には疎い。魔法の衰退が魔族の陰謀であることを見抜き、戦いを始める。

グレヴィル

古代の国王。現世に復活し無詠唱魔法を普及すべく動く。一度はマティアスと激突するが目的が同じと知り王立第二学園の教師となる。

ギルアス

三度の飯より戦闘が好きなSランク冒険者。マティアスに一度敗れたが、その後も鍛錬を続けて勝負を挑んでくる。

イリス

強大な力を持つ暗黒竜の少女。マティアスの前世・ガイアスと浅からぬ縁があり、今回も（脅されて？）マティアスと行動を共にする。

エイス
=グライア四世

マティアスたちが暮らすエイス王国の国王。マティアスの才を見抜き、様々なことで便宜を図りながらエイス王国を治める実力者。

エデュアルト

王立第二学園の校長。尋常でないマティアスの能力に驚き、その根幹となる無詠唱魔法を学園の生徒たちに普及すべく尽力する。

ガイアス

古代の魔法使い。すでに世界最強であったにも関わらず、さらなる力を求めて転生した。彼は一体どこを目指しているのか……。

ビフゲル
=ヒルデスハイマー

いろいろと残念なマティアスの兄。己の力を過信してマティアスのことを見くびっては、ドツボにはまる。

紋章辞典 Shikkakumon no Saikyokenja

◆第一紋《栄光紋》えいこうもん

ガイアス（転生前のマティアス）に刻まれていた紋章で、生産系に特化したスキルを持つ。武具の生産だけではなく、食料に関する魔法や魔物を避ける魔法など、冒険において不可欠な魔法にも長けているため、サポート役として戦闘パーティーにも重宝される。初期状態では戦闘系魔法の使い手としても最強の能力を誇るが、その後の成長率や成長限界が低いため、鍛錬した他の紋章の持ち主には遥か及ばない（ガイアスを除く）。ガイアスのいた世界では８歳を過ぎる頃には他の紋章に追いつかれ、成人する頃には戦力外になっていたが、現在の世界（マティアスの転生先の世界）では魔法レベルが前世の８歳児よりも低いため、依然として最強の紋章として扱われていて、持ち主も優遇されている。

第一紋を保有する主要キャラ：ルリイ、ガイアス（前世マティアス）、ビフゲル

◆第二紋《常魔紋》じょうまもん

威力特化型の紋章で、初期こそ特筆すべき点のない紋章だが、鍛錬すると使役する魔法の威力が際限なく上がっていくため、非常に高火力の魔法が放てるようになる。ただ、威力が高い代わりに、魔法を連射する能力はあまり上昇しない。弓などに魔法を乗せて撃つことで、貫通力や威力をさらに上げることができる。他の紋章でも同じことは可能だが、射程距離や連射速度について、第二紋の持ち主には遠く及ばない。現在の世界においては、持ち主はごく普通の人物として扱われている。

第二紋を保有する主要キャラ：アルマ、レイク

◆第三紋《小魔紋》しょうまもん

連射特化型の紋章で、初期状態では威力の低い魔法を放つことしかできないが、鍛えることで魔法の威力と連射能力が上がり、一気に畳みかける必要がある掃討戦などにおいて高い力を発揮することができるようになる。現在の世界では紋章の種類によって連射能力の変わらない詠唱魔法を使うことが主流になっているため、その特性を正当に評価されず、第四紋《失格紋》ほどではないが、持ち主は冷遇されている。第二紋の持ち主のように弓に魔法を乗せることも可能だが、弓に矢をつがえて撃つまでに掛かる時間が魔法が発動するより長いため、実用性はやや低め。

第三紋を保有する主要キャラ：カストル

◆第四紋《失格紋》しっかくもん

近距離特化型の紋章で、魔法の作用する範囲が極めて短いため、基本的に遠距離で戦うには不向き（不可能）だが、近距離戦においては第二紋《常魔紋》のような威力と第三紋《小魔紋》のような連射性能、魔法発動の速さを兼ね備えた最強火力となる。ただ、その恩恵にあずかるには敵に近づく必要があり、近接戦を覚悟しなければならないため、剣術と魔法が併用できる必要がある。最も扱うことが難しい紋章。

第四紋を保有する主要キャラ：マティアス

第一章

「では、さっそく模擬《もぎ》戦を始めようか。……4人の強さはどんな順番だ？」


模擬戦が決まってから数時間後。

俺《おれ》たちは街の一角にある訓練場に集まっている。

そこには俺たちやリドア国王の他に、模擬戦の相手と思《おぼ》しき冒険者たち……そして大勢の見物人たちが集まっている。


しかし、『強さの順番を決めろ』というのは難しい質問だ。

単純に1対1での戦いをして決めるのであれば、俺、イリス、アルマ、ルリイの順番だろう。

だが、だからといって俺が常にイリスより強いかと言われると、話が変わってくる。

例えば、あまり強くない魔物が無限に湧《わ》いてくる場所で、死ぬまでに何匹の魔物を倒せるかというような状況だとしたら……この中で一番強いのは、明らかにイリスだ。

俺はどう節約しても多少の魔力を消費しながらしか戦えないが、イリスは龍の姿になって腕を振り回すだけでいいからな。

戦闘をしながら、食事すらできるだろう。

そして、ルリイやアルマがイリスより弱いかと言われると、それもまた微妙なところだ。

確かに1対1では勝ち目はないが、ルリイとアルマがペアを組んだ場合、イリスが2人いても倒せない相手を倒せるということはある。

要するに、強さというのは状況や相手によって決まるものであって、どちらが強いなどと単純に言えるものではないのだ。

まあ、よほど力の差があれば、明確にどちらが強いと言えるようなケースもあるのだが。

例えばビフゲルが比較対象なら、このパーティーのメンバーは全員『強い』と言えるだろう。

このパーティーの中でそこまで力の差があるかと言われると……結成当時ならともかく、今ならそこまでの差はない。

などと考えこんでいると、アルマとルリイが口を開いた。

「まず一番強いのはマティくんで……」

「次がイリスだね。ボクとルリイだと……」

「アルマのほうが強いですね。私はあんまり自分で戦いませんし……」

まあ、直接的に1対1で戦うなら、その並びで間違いはなさそうだな。

ルリイは元々サポート要員なので、直接的な戦いで強さを測るのもどうかと思うが……まあ、危険地帯に行く前の力試しという意味で、最低限の戦闘能力があるのかを試すのは問題ないだろう。

並んでいる冒険者たちを見る限り、ルリイが直接戦っても大丈夫そうだしな。

「じゃあ、弱い順にいこうか。こっちは私だ……ミアだ」

そう言って、1人の女性冒険者が前に出た。

大柄で、筋骨隆々といった感じの……いかにもパワーファイター風の冒険者だ。

身のこなしからしても、まず間違いなさそうだな。

「武器は何を使うんだ？」

「えっと、剣ですけど……刃を潰《つぶ》したものを使うんですよね？」

「ああ。沢山あるから、好きなのを選んでくれ」

そう言って冒険者が指した先には、沢山の武器が置かれていた。
剣や槍、弓など……一通りの武器は揃《そろ》っているようだな。
長さなども、ある程度のバリュエーションがあるようだ。

「うーん……」

並んでいる武器を手にとって、ルリイの表情が曇った。
恐らく、重心が真ん中からズレているのが気になったのだろう。
見た目も少し歪《ゆが》んでいるし、自作の武器に慣れたルリイには耐《た》え難《がた》いクオリティのはずだ。

まあ練習用に刃を潰した武器なら、そんなものだろう。

よくできた武器なら、わざわざ刃を潰すなんてもったいないことはしないからな。

エイス王国は無詠唱魔法によって魔導具や武器の生産効率も上昇したので、それなりのクオリティの武器が安く手に入る状況になっているのだが……この国ではまだ、身体強化とファイア・ボール以外の魔法は普及していないようだしな。


「武器が気に入らないのか？」

「……折れることはなさそうですけど……どうですか？」


ルリイはこちらを向いて、俺にそう尋ねた。

確かに、模擬戦なら折れることはないと思うが……ルリイが普段使っている剣に比べると、はるかに重いだろうな。

ルリイの単独戦闘は、武器の軽さと切れ味を活かすスタイルだ。

刃を潰した剣なら切れ味は関係ないし、さらに重いこの武器で戦うとなると、ルリイはかなりのハンディを背負うことになる。

ただでさえ単独での戦闘には向いていないルリイが、普段と比べてさらに戦いにくくなるわけだ。

それでも大丈夫か……という質問だろうな。

「大丈夫だと思うぞ。基本通りに戦えばいい」

俺はルリイと相手を見比べて、そう答えた。

確かにこの武器は、ルリイが戦うには向いていない。

だが、この相手……ミアくらいであれば、この武器でもなんとかなるだろう。

というか、武器は必要ないはずだ。

「分かりました！　じゃあ、これで大丈夫です！」

そう言ってルリイが、相手に向かって剣を構える。

全く真剣勝負には見えないような体格差だ。

だが……魔法を使う戦闘の場合、勝負は体格では決まらない。

などと考えつつ見ていると、ミアが口を開いた。

「普段の武器を使えばいい。納得いかないまま戦われるよりはマシだ」

ありがたい申し出ではあるな。

しかし、ルリイの剣は模擬戦向きではないかもしれない。

「えっと、普段の剣はよく斬《き》れるので、危ないと思いますけど……」

「大丈夫だ。武器なんかで勝負は決まらない」

今の言葉で、ルリイの視線が少し鋭くなった気がする。

ルリイの前で、武器『なんか』などと言えば、怒るのも当然だが。

ちなみにルリイが普段の剣を使った場合、相手の剣はあっさり切断されてしまうだろう。

見たところ、材料はただの鋼だからな。

模擬戦用の剣の中から選んだということなのだろうが、魔法で切れ味を強化されたルリイの剣を相手するのは難しいだろう。

「分かりました」

そう言ってルリイは、模擬戦用の剣を構えた。
てっきり普段の剣を使って、相手の剣を薄切りにでもし始めるのかと思ったが……どうやらそういった感じではないようだ。

「その剣でいいのか？」

「武器の力だけで勝ったとは、思ってもらいたくないですから」

やはり怒っている雰囲気だな。
とはいえ、この模擬戦の趣旨は理解しているようだ。
ルリイが作った剣で敵の剣を細切れにしても、ルリイ自身の実力を認めてもらえるかは微妙なところだしな。

「まるで、どっちの武器でも勝てるみたいな言い方だね」

そう言ってミアが、大きな剣を構える。

2人の準備ができたのを見て、リドア国王が戦いの開始を告げた。

「始め！」

その言葉と同時に、ルリイが前に突っ込んだ。

もしこれが真剣勝負だとしたら、ルリイは距離を取って戦ったことだろう。そもそも剣など使わないかもしれない。

相手が剣を得意としているのなら、近付かせずに魔法を撃ち込んだほうがいいからだ。

魔導具だって使うだろうし、色々な小細工もルリイには教えてある。

しかし、これは互いに怪我《けが》をしない前提の模擬戦だ。

剣の刃を潰すことはできても、爆発《ばくはつ》魔法を安全にすることはできない。

そのため、あえて剣の間合いに突っ込んだのだ。

「ひ弱な子供だと思ってたが、根性だけは中々みたいだな……」


そう言ってミアが、ルリイに向かって剣を振り下ろす。

全力は出していなさそうだが……身体強化も使っているようだ。

刃を潰してあるとはいえ、当たればそれなりの怪我はするだろうな。


そんな剣を、ルリイは正面から迎え撃った。

剣を横向きに構え、相手の剣を受け止めるように振り上げる。

そして2人の剣がぶつかり合い……ミアの剣は、あっさりと弾《はじ》き返《かえ》された。

剣を振り下ろす動きと振り上げる動きでは、当然ながら振り下ろすほうが力が入りやすい。

重力の助けもあるし、力比べという意味では、振り下ろす側のミアが明らかに有利だ。

にもかかわらず、ミアは一方的に剣を跳ね返された。

はっきりと力負けした形だ。

「なっ……」

剣を跳ね上げられて、ミアが驚きの声を上げる。

まさか、これだけの体格差で力負けするとは思っていなかったのだろう。

だが、魔力の動きをちゃんと見ることができる者であれば、今起こったことに驚きはしなかったはずだ。

ルリイの身体強化は、魔力の量も、扱い方も、ミアとは比べ物にならないほど強かった。

当然だろう。

いくら基本的な身体強化といえども、魔法の一種であることに変わりはない。

むしろ基本的であるからこそ、単純な魔力の量や制御能力が物を言うのだ。

魔法学的に正しい方法で、何年も魔法の訓練をしてくたルリイ。

ごく断片的な情報から、身体強化の発動の仕方だけを学んだミア。

単純な筋力ではミアのほうが強くとも、身体強化の差によって、力関係はひっくり返ってしまうのだ。

だが、勝負はまだ決まらないようだ。

ミアはあえて剣を弾かれた勢いを殺さず、そのまま弾き飛ばされるようにして後ろへと下がった。

ルリイは身体強化による脚力で踏み込み、剣を突くようにして追撃するが……。


「化け物かよ……」


そうぼやきながらも、ミアはルリイの剣を受け止める。

そして、ルリイの剣を斜めに受け流した。

腕力ではルリイのほうが勝っているようだが、単純な剣による戦闘技術という意味では、ミアのほうが上のようだな。

まあ、これも予想はできていたことだ。

剣術という意味では、ミアのほうがルリイよりずっと上だからな。

ルリイも多少は剣術の練習を積んでいるが、それはあくまで基本レベルであって、専門的な剣術の訓練はほとんどしてないと言っていい。

ルリイが自分で剣を持って戦う場面自体が少ないし、ルリイが持つ栄光紋は、そもそも自分で戦うのに全く向いていない。

そんなルリイは剣でうまく戦う訓練よりも、剣で戦うような状況に陥《おちい》ることを防ぐほうが有意義だからだ。


「っ……」


剣を受け流されて、ルリイの体勢が崩れた。

元々、追撃のためにかなりの速度で突っ込んだところを受け流されれば、体勢はほとんど無防備と言っていい。

そんなルリイの背中に、ミアが剣を振り下ろそうとする。

だが……ルリイはその剣が届く前に、さらに加速した。

剣はルリイがいた場所を素通りし、その間にルリイは敵の背後に回り込む。

「速い……！」


急に速度を上げたルリイに、ミアが驚きの声を上げる。

ルリイは身体強化を、パワー重視から速度重視に切り替えたのだ。

魔力の扱い方によっては、こういった切り替えもできる。


戦闘型の魔法の中だと、身体強化はルリイの得意魔法の一つだったりする。

身体強化は逃げ足などにも大きく関わってくる魔法なので、非戦闘員にも重視される魔法なのだ。

魔法機関などを作る際には重いパーツを扱うこともあるので、生産系としてもかなり便利だしな。


背後からの一撃を、ミアは振り向いて受け止める。

やはり剣士としての技術はそれなりに悪くないな。

技術というよりは、戦闘経験の長さを感じさせる動きだ。


「……剣術の腕は微妙みたいだが、速さとパワーが違いすぎるな……」

「ああ。対人戦だから経験の差でカバーできているが、対魔物戦では比較にならないかもしれない……」

ルリイとミアの戦いを見て、冒険者たちがそう呟《つぶや》いた。

彼らの言う通り、1対1での戦いならミアもそれなりに持ちこたえられているものの、魔物相手の戦いなら、ルリイが剣だけで戦うほうが圧倒的に強いだろう。

対魔物戦闘では、単純な腕力や速さが物を言うことが多いからな。

それから少しの間、ルリイとミアの戦いは膠着《こうちゃく》状態を維持した。

ミアが剣技でルリイの攻撃を受け流し、ルリイは身体能力の差で無理やり体勢を立て直して次の攻撃を繰り出す……その繰り返しだ。

だが、膠着状態は長く続かなかった。

ミアの動きが急に鈍り始めたのだ。

「ぐっ……」

無理もないだろう。

身体強化を維持しながら全力で動き続けるには、身体的な持久力だけではなく、魔法的な持久力も要求される。

ミアが全力を維持できる時間は、このあたりで限界なのだろう。


一方、ルリイは動きが鈍るどころか、息一つ切らしていない。

このペースなら、ルリイは1時間くらいは余裕で戦い続けられるだろう。


勝負は誰《だれ》の目にも明らかだ。

あとは適当に速度とパワーで押し切るだけで、ミアが勝手に力尽きるだろう。

誰もがそう考えたタイミングで……ルリイは急に距離を取った。


別にミアが何かした訳ではない。

ただルリイは自分が圧倒的有利な状況で剣を弾き、相手に休む暇を与えたのだ。


「何の……つもりだ……」

息も絶え絶えな様子で、ミアがルリイにそう尋ねる。

ミアも、このまま戦いを続ければ勝ち目がないことくらいは理解し、負けを覚悟していたはずだ。

これが相手を殺さない前提の模擬戦でなければ、ルリイのほうがはるかに格上だということも理解できているだろう。

まあ、だからこそルリイは剣を引いたんだろうな。

ルリイがやりたいことは、なんとなく理解できる。

「私は戦士でも魔法使いでもなく、魔導具職人なので……そろそろ武器の力で戦います」

そう言ってルリイは模擬戦用の剣をしまい、普段から使っている剣を取り出した。

極めて薄い刃を、いくつもの強化魔法によって支え、切れ味を強化させた剣だ。

「それは……魔剣か？　私の剣と当たったら折れそうだが……」

「確かに、武器の頑丈さは大事ですよね。……試してみましょう」

そう言ってルリイが、ゆっくりと踏み込む。

身体強化を維持できなくなったミアでもついてこれるような、遅い動きだ。

そしてミアの剣とルリイの剣がぶつかり合い……サクッ、という音とともに、ミアの剣が短くなった。

「……は？」

ルリイはそのまま何度か剣を振る。

そのたびに、ミアの剣の先が切り落とされ、短くなっていく。

そして、ついにミアの剣は、柄《つか》だけになってしまった。

「武器なんかで勝負は決まらない……そう言っていましたが、どうですか？」

「……は、刃を潰した粗悪品っていっても、鋼の剣だぞ……!?　いくら魔剣でも、こんな簡単に……」

「ちゃんとした魔剣と鉄の剣だと、戦う前から勝負が決まっちゃうんです。……武器の大事さが分かりましたか？」

「あ、ああ……」

ルリイの言葉を聞いて、ミアは手元の剣を見る。

今回は模擬戦なので剣が切り落とされるだけで済んだが、実戦なら剣ごと体も真っ二つになっていたことだろう。

まあ、ルリイとミアが本気で戦う場合、ミアはルリイに近付くことすらできないだろうが。

「しょ……勝負あり！」

リドア国王が、戦いの終わりを告げた。

まだミアは降参していないが、もはや戦いは終わったと判断したのだろう。

それを聞いてルリイが、相手のほうに歩み寄る。

「練習用の剣を壊してしまってごめんなさい。……ちょっと貸してくれますか？」

「何をするんだ？」

そう言いながらも、ミアはルリイに剣……正確には剣だったものの柄を手渡す。

ルリイはそれを受け取り、地面に落ちていた刃の破片を拾い集めると、加工魔法で元の形に戻した。

元々剣にあった歪《ゆが》みや傷まで再現されている。

「なっ……一瞬で剣を⁉」

「ルリイ、別に剣のダメな部分まで直す必要はないんだぞ……」

「分かりました！」

ルリイがそう告げながら剣を撫《な》でると、剣がちゃんとまっすぐになった。

その様子を、リドア国王や冒険者たち、そして見物人たちが呆然《ぼうぜん》と見つめる。

「ま、まるで剣を粘土か何かみたいに成形していたが……エイス王国では、これが普通なのか？」

「王都の魔法学校を出た生産系の生徒なら、このくらいはできると思います」

ルリイの加工魔法は王国内でもトップクラスと言っていいが、今の剣の修理はそんな技術が要求されるようなものではない。

材料はただの鋼だし、刃も潰してあるので刃先の強度を確保する必要はないからな。

おまけに魔法加工も必要ないとなれば、できない生徒はいない……というか、栄光紋の生徒は、このくらいできないと王立魔法学園を卒業できないだろう。

「……れ、レベルが違いすぎる……！　本場の無詠唱魔法というものは、ここまで便利なのか……！」

「先程の怪力も、身体強化ですよね……？　本場と我が国で、ここまで違いがあるとは……」

本場……。

バルドラ王国では、エイス王国が無詠唱魔法の本場という認識になるのか。

まあ、確かに今の世界では、エイス王国が無詠唱魔法発祥の地と言ってもいいのかもしれない。

無詠唱魔法を使う者という意味では、ギルアスのほうが俺より先だった可能性もあるが……

無詠唱魔法を体系的に教育するシステムが生まれたのは、エイス王国が最初だろうからな。

そもそもギルアスは無詠唱魔法を魔法とすら認識していなかったし。

「今くらいのことなら、ちゃんとした教科書で魔法教育をやれば難しくないと思います。……エイス王国に頼めば、教師を派遣できるかもしれませんが……」

「それが本当なのだとしたら……いや、本当である可能性が少しでもあるのなら、すぐにでも取り掛かりたい」

「陛下、今の我が国には、目先の戦い以外に回す魔力の余裕は……」

「分かっている。まずは今の騒動をなんとかしてからの話だ」

どうやら、バルドラ王国にもちゃんとした無詠唱魔法を広めるきっかけができたようだ。

ルリイの技を見ているので、戦闘系の魔法だけではなく、生産系の魔法なども重視されるかもしれない。

ミアがルリイを怒らせたのは、悪くない結果になったかもしれないな。

「彼女がパーティーで最弱とは、にわかには信じがたいが……ひとまず次の戦いといこうか」

「次はボクだね！」

そう言ってアルマが前に出た。

流石にアルマまで剣で戦うというわけではなく、普通に弓使いとしての戦いだ。

「ラザスだ。……一応、この国で最強の弓使いということになっている。……エイス王国の弓使いの力、見せてもらおうか」

そう言って出てきたのは、背の高い初老の男だ。

魔法は身体強化くらいしか使えないだろうが、弓自体の扱いは鍛えていそうな感じだな。

筋肉の付き方や身のこなしで、弓の腕はある程度分かる。

今までにこの世界で見た人間で、魔法なしの弓を扱わせたら、この男に勝てる者はほとんどいないかもしれない。

「……最強の弓使い？」

「彼は我が王国の武芸大会の弓術部門を三連覇している。……誰に聞いても、この国で最強の弓使いは彼だと答えるはずだ」

なるほど、武芸大会か。

それだけ何回も優勝しているのであれば、確かに最強を自称してもよさそうだな。

とはいえ……それも魔法がなければの話だ。

ルリイは剣術が専門外なので、模擬戦で使う魔法は身体強化くらいで済んだが……アルマが相手では、当然そうはいかない。

アルマは弓使いとして戦うために魔法の鍛錬を積んでいるのだから、それこそラザスが存在すら知らない魔法をいくらでも使えてしまう。

有線誘導エンチャントしか使わなくても、ルリイの戦いより圧倒的な差がつくだろう。

などと考えていると、リドア国王が口を開いた。

「自分で模擬戦を提案しておいてなんだが、今回の腕試しの目的を考えると、対人戦ではなく対魔物戦を競ったほうがいいんじゃないか……？」

「……確かにそうですね。俺も対魔物戦闘に特化したタイプなので、そのほうが助かります」

リドア国王の言葉に、弓使いの男はそう言葉を返した。

まあ、弓は元々、あまり人間同士での模擬戦に向いた武器ではないしな。

剣などなら勝敗が分かりやすいし、ある程度の実力がある者同士なら危険も少ないが……弓の場合、先端をクッションなどにしてもそれなりに危ないからな。

まあ、有線誘導エンチャントを使えるアルマなら相手の目の前で矢を止めるようなこともできそうだが、アルマに向かって矢を射ることになる相手のほうは大変だろう。

魔物が多い場所に行く力試しとしては、魔物撃ちのほうがよさそうだな。

「アルマ、それでいいか？」

「ボクもそのほうがいいかな。人間に向かって射るより気が楽だしね」

こうしてアルマとラザスの戦いは、魔物を的《まと》にして行われることになった。

それから少し後。

俺《おれ》たちは前線となっている川へとやってきていた。

ここなら魔物はいくらでもいるし、

「えっと、好きに戦っちゃっていいの？」

こちらに向かってくる魔物を見ながら、アルマがそう尋ねる。

今のところ、魔物たちはたくさんの魔法使い（というかファイア・ボールを覚えただけの一般市民だ）がファイア・ボールで倒して前線を支えているが、アルマ達の力比べが始まったら彼らには一旦《いったん》休んでもらう予定になっている。

「ルールを決めたいところだが、設定が難しいな。点数制にするか？」

「……厳密に決めずとも、大きな差があれば勝敗は分かるでしょう。……もし私相手に勝敗の判断が難しいレベルの戦いをできるとすれば、それだけでワルドアに行く資格はあるはずです」

「確かに、その通りだな。勝敗はこちらで判断させてもらおう」

「了解！」

ルリイの戦いと違って、和気あいあいとした感じだな。

まあ、ラザスは相手の武器を馬鹿《ばか》にしたりはしていないので、普通に他国との交流戦といった感じになるのだろう。

「では、それぞれ好きに魔物を射ってくれ！　……始め！」

開始の合図とともに、前線を支えていた魔法使いたちがほっとした顔で後ろに下がった。

元々は非戦闘員の一般市民なので、魔物との戦いは緊張するのだろう。

まあ、彼らもお役御免という訳ではなく、２人の模擬戦が終わった後でまた任務に戻ることになるのだが。

「よいしょっと」

アルマはそう言って、大量の矢が入った箱を地面に下ろす。

何の魔法も付与されていない矢をアルマが使うのは珍しいので、急いでルリイに量産してもらったものだ。

矢としては最低限のクオリティを確保したに過ぎないが、アルマが全力で連射し続けてもしばらくもつように、とにかく量だけは多く作ってもらった。

「的《まと》がいっぱいあるね！」

そう言ってアルマは、矢を5本まとめて弓につがえ、川のほうに向けて放った。

とにかく大量の矢を投射することに集中して、あとは『有線誘導エンチャント』で的に当てる感じだな。

近くの敵を沢山倒す場合には、最も簡単で有効な方法と言っていいだろう。

有線誘導エンチャントはただでさえ便利な魔法だが、多数の敵を相手する際には、その便利

さが際立《きわだ》つ。

敵を狙《ねら》う必要がなくなり、矢はとりあえず大雑把な方向さえ合っていればいいからだ。

それどころか、絶対に必要かどうかで言えば、弓を使う必要すらない。

手で適当に矢を放り投げて、有線誘導エンチャントで加速させれば、今相手にしている魔物くらいは倒せるだろう。


にもかかわらず弓を使うのは、討伐速度をさらに早めるためだ。

有線誘導エンチャントによる加速は確かに強力だが、ゼロから敵を貫ける速度まで加速するには、多少の時間がかかってしまう。

そこで矢にある程度の初速を与える手段として、弓を使っている訳だ。


こういう使い方をする場合、弓自体に気を使う必要はほとんどないと言っていい。

たとえ手が滑って矢がちゃんと飛ばなくても、加速に要する数秒をロスするだけだ。

ギリギリの実戦ではその数秒が生死を分けることもあるが、今回のような模擬戦では全く問題ないだろう。

だからこそアルマは、矢の連射ペースを上げられる。

精密なコントロールが要求される実戦でもアルマは強いが、こういう戦いならもっと分かりやすく優位を活かせるだろう。


「矢が変な曲がり方をしているが……あれも魔法か？」


別々の方向に飛び、５匹の魔物を同時に撃ち抜く矢を見ながら、リドア国王が俺に尋ねる。

魔法戦闘師にとっては見慣れた光景だが、確かに不自然な曲がり方に見えるかもしれないな。


「はい。あれは有線誘導エンチャントと言って、エイス王国の魔法弓使いが、最初に教わる魔法の一つです」


俺はそう答えながら、イリスの試合相手……ラザスのほうを見る。

ラザスはやはり有線誘導エンチャントなどを使えないようで、身体強化だけで矢を放っている。

だが、その割にはなかなかいいペースのようだ。

ラザスは弓を引いた後、ほとんど間を置かずに矢を放っている。

弓を引くペース自体は、アルマより速いくらいだ。

「さっきから、1本も外してませんね……」

「ああ。大した腕だな」

誘導魔法がなく、自力で狙いをつけなければいけないことを考えると、驚異的なペースと言っていいだろう。

それでいて、放った矢は全《すべ》て……それも魔物の頭などといった急所に当たっている。

誘導魔法頼りの弓系魔法戦闘師には、なかなか真似できない技術だな。

まあ、そんなものはなくても矢は当たるので、これができないからといって困るケースも少ないだろうが。

とはいえ、こういった弓使いとしての純粋な技術が、全く無意味か……と言われれば、そんなことはない。

矢の軌道が正確なら、有線誘導エンチャントによる修正は最低限で済むので、その分他のことに魔法制御力を回せるのだ。

前世の俺も、栄光紋のせいで足りない魔法制御力を少しでも補うために、魔法を使わない弓の練習をしたものだ。

……優先順位としては低いので、アルマにそういった練習を薦めるのは、最低でも１００年くらいは先のことになるだろうが。

「……討伐ペースには、だいぶ差があるようだな」

「ご、５本同時はちょっと反則的ですね……」

リドア国王と冒険者が、そう言葉を交わす。

弓を引くペース自体はラザスがわずかに速いが、それは1割違うかどうかの話だ。

一度に1本しか矢を放たないラザスと、５本ずつまとめて放っているアルマでは、大きな差がついて当然だろう。

そして……その弓を引くペースすら、段々と差が詰まってきた。

近くの敵は倒し尽くし、敵の距離が遠くなってきているのだ。

敵が遠くなると、有線誘導エンチャントの優位は大きくなっていく。

誘導魔法なしの矢は、距離が遠くなればなるほど速度が落ちるのに対し……有線誘導エンチャントのついた矢は、下手をすると加速するからだ。

流石に魔法の効果範囲の限界というものはあるが、その範囲内までなら、距離というものは全く問題にならないと言っていい。

第二紋の弓使いが、通常の攻撃魔法に比べて『超遠距離戦に強い』と言われるのも、これが理由の一つだ。

攻撃魔法は、誘導魔法付きの弓ほど簡単には距離を無視できないからな。

アルマが変わらないペースで矢を放ち続ける傍《かたわ》らで、ラザスは慎重に1本ずつ矢を放っていく。

誘導魔法がない場合、今の距離では風の影響などを考慮に入れなければ、矢を当てることはできない。

にもかかわらず、ラザスが1本も矢を外していないのは……川の水面や周辺の草木の揺れ方から、風の向きや強さを感じ取っているのだろう。

それからも、距離が開くほどラザスの矢のペースは遅くなっていったが、それでもラザスは矢を1本も外すことはなかった。
アルマも当然のように全ての矢を当て続ける。

「勝負はあったと思いますが……」

「まあ、どうせだから最後まで見ようじゃないか」

冒険者の言葉に、リドア国王がそう答える。
もはやラザスがアルマに敵《かな》わないのは分かった上で、最後まで見たいということなのだろう。

それから少しして、状況に変化があった。
今まで全ての敵を一撃で仕留めてきたラザスが、ついに魔物を仕留め損なったのだ。

とはいえ、彼は矢を外した訳ではない。
彼の矢は確かにイノシシの魔物に当たったが……それは魔物の皮に浅く刺さっただけで、すぐに抜け落ちてしまったのだ。

今の敵との距離は、およそ３００メートル。

ラザスは途中から矢を鉄製の重いものに変え、少しでも威力を維持しようとしていたようだが……流石に限界のようだ。

的に当てるだけでも大したものではあるが、空気の抵抗でほとんど速度を失った矢では、敵を倒し切ることはできない。

それこそ目にでも狙って当てられれば話は変わってくるかもしれないが、それには矢の狙いがどうこう以前に、数秒後の魔物がどこにいて、どこに目があるかまで予測する必要がある。

もはや戦闘経験がどうとかではなく、未来予知が必要になってくる。

「すまない、これ以上は届かない」

地面に落ちた矢を見て、ラザスはそう告げた。

それを見て、アルマも矢を放つのをやめた。

「ま、魔法なしの矢でも、あの距離で当たるんだね……」

アルマはそう言って、尊敬の目でラザスを見る。

第二学園に入る前のアルマは、誘導魔法なしで矢の技術を磨いていた。

だからこそ、ラザスの技術がどれほどのものかが理解できるのだろう。

そんなアルマの言葉に、ラザスが答える。

「魔法は使っているぞ。……この弓は、身体強化魔法を使う前提の硬さで特注したものだ。生身では引けない」

……まあ、そういう意味では確かに魔法を使っているかもしれないな。

アルマが言ったのは、そういう意味ではないと思うが。

「ところで、少し気になったのだが……君の弓、少し引かせてもらっても構わないか？　すごくいい弓に見えて、最初から気になっていたんだ」

「おっ……やっぱり分かる？　ボクが知る限り、王国で一番いい弓だよ！」

そう言ってアルマが、ラザスに弓を手渡す。

アルマが言う通り、あの弓は王国で作られた弓の中では最高のものだ。

なにしろ、ルリイが作った最新の弓だからな。

特に、弦《つる》は自信作だ。


身体強化前提の弓の場合、最も重視されるパーツは弦だったりする。

弓自体も当然色々な工夫がされているが、弦は身体強化の力に耐えながら柔軟性も発揮する必要があるので、特に難しいのだ。

ラザスの弓は麻紐《ひも》を弦に使っているようだが、同じことをアルマの弓でやれば、弦は簡単に切れてしまう。

特に魔石の入った重い矢は、弓にも弦にも優しくないからな。


「金属弦か……こんなに均一なものを作れる技術は、我が国にはないな。これは何を使っているんだ？」

「えっと……ミスリルの合金らしいけど、なんか一つの結晶だけでできてる？　とか言ってた気がする！」

「金属なのに結晶？　……宝石か何かみたいな言い方だが……魔法を使うとそうなるのか？」


ミスリルに限らず、ほとんどの金属は結晶の集合体だ。

微細なものを分析するための魔法を使ってみると、その境目を見ることもできる。

まあ、前世の俺でも観察には苦労するレベルの話なので、実際に境目を見るのはなかなか難しいのだが。


目に見えない微細な世界の話だからといって、意味がないという訳ではない。

……結晶の境目は硬いため、弦に必要な柔軟性の邪魔になってしまうのだ。


そのためアルマの弓は特殊な加工魔法を使って、結晶の境目をなくしてある。

実際に境目を見ることができなくとも、ミスリルとしては非常に柔らかいものになるため、成功の区別は簡単だ。

それを極めて均一に成形し、弦の形にしたものが、アルマの弓には付いているのだが……。

「うーん、詳しいことはボクも分かんない！　なんか難しい話してた！」

「……職人が難しい話をするのは、どこの国も同じか……」

「まあ、ここには製作者本人がいるから、聞いてみたら分かるかも？　……ボクには理解できなかったけど！」


弓を手に話す2人に、出番を察知したルリイが近付いていく。

自分が作ったものの説明をできる機会はなかなかないので、できれば説明したいところだろう。

細かなこだわりなども色々と詰まった武器だしな。

だが……。


「いや、遠慮しておこう。難しいことを説明されても、どうせ理解できないだろうしな」

「うんうん。ボク達は使い方だけ分かればいいと思うよ！」

「そうだな」

アルマとラザスは、そう言って頷《うなず》き合った。

どうやら2人は気が合うようだ。

……自分が使う武器のことなのだし、たった数日間もあれば説明できる量なのだから、覚えておいてもいいと思うのだが。

「これは、私には使えないな」

借りた弓を引こうとしながら、ラザスはそう呟《つぶや》いた。

ラザスは本気で力を込めているようだが、弦は元の位置からたったの数センチしか動いていない。

ルリイの戦いと同じく、身体強化の差が大きいようだな。

「5本もの矢をつがえても、あれだけ速い矢が射れていた理由が分かったよ。……こんなに強い弓だったんだな」

「重い矢を使う事が多いから、どうしてもパワーが欲しくなっちゃうんだよね」

有線誘導エンチャントを使う前提でも、弓の性能は軽視できない。

弓によってつく少しの差が、戦闘の結果に大きな影響を及ぼすこともあるのだ。

特に『理外結晶』を積んだ矢などは極めて重い上に、誘導魔法の効きが悪い。

そのため、完全な誘導魔法頼りではなく、弓の力が大きく影響してくる。

だから少しでも威力を稼げるように、弓はアルマの力で引ける範囲内でギリギリまで反発力を高めてあるのだ。


この反発力の高さは、矢を何本も同時に放つときにも役に立つ。

矢をたくさん同時に放つと、矢の重さによる抵抗で速度が出にくくなるが、強い弓なら押し負けないからな。

今回の戦いで使った矢は軽いものなので、やろうと思えば10本まとめて放つことも不可能ではなかっただろう。

「こんなものをあのペースで引けるとは……身体強化はそれなりに使いこなせている自信があったが、極めるとここまですごいものなんだな」

「ボクも別に極めてはないけどね。まだまだ練習中だし」

「……つまり、まだ上があるということか……！」

アルマの言葉を聞いて、ラザスは驚きの表情を浮かべた。

勝負に負けたとはいっても、あまり落ち込んだ様子はないな。

「最後に一つだけ、聞いてもいいか？」

「うん、何かな？」

「私はもうこんな年だが……今からでも、今日の君みたいなことができるようになる可能性はあるか？」

ラザスの言葉を聞いて、アルマは複雑な顔になった。

できれば『ある』と答えたいところだが、無責任に嘘《うそ》を教えてしまう訳にもいかない……そんな顔だ。

「あるかな？」

最終的にアルマは、俺にそう尋ねた。
自分では判断がつかなかったのだろう。

「ちゃんと魔法を勉強すれば、可能性は十分あると思うぞ」

俺は自信を持って、そう答えた。
不老魔法や年齢操作系の魔法という選択肢もあるが、そういったものを使わなくとも、アルマくらいの力を身につけられる可能性はあるだろう。

魔法の力は筋力や身体能力などと違い、年齢による衰えが小さい。
年齢などよりもはるかに重要なのが、正しい方法で、継続して努力できるかどうかだ。
正しい方法の訓練は、第二学園の教科書に書いてある。

あれに書いてある方法は基本的なものだが、その基本の積み重ねこそが重要なのだ。

まあ、短縮する方法はなくもないのだが、近道は色々と条件があったり、失敗した際のリスクがあったりするので、あまりおすすめはできないところだ。

今日の弓の技を見れば、ラザスが努力を怠るようなタイプではないことは分かる。

何十年も魔物と戦ってきたおかげか、専門の訓練を積んでいない割には、魔力回路も育っている。

そして、基礎的な弓の技術も高い。

彼が弓に関する魔法だけに集中すれば、それこそ数年で今のアルマと同じくらいには弓を扱えるようになっても、驚くには値しないだろう。

まあ、アルマは弓だけではなく、色々な環境での戦闘に対応できる技術なども身につけているので、弓の技術だけでは評価できないのだが。

「……それを聞いて安心したよ。もう弓でできることはやり尽くしてしまったと思っていたが、まだまだ伸びしろがあるんだな」

ラザスは晴れやかな顔で、そう呟いた。
どうやら、まだ伸びしろがあると分かったことが嬉《うれ》しいようだ。

第三章

それから少し後。

俺《おれ》たちは元の訓練場に戻り、次の模擬戦の準備をしていた。

イリスは模擬戦をさせると危ないので、次は俺なのだが……。

「嫌だ……戦いたくねえよ……」

「ヴェルドさん、そんなこと言わずに……」

「だって、負けるのが分かってるんだぜ？　あんな理不尽な魔法を使う奴《やっ》らを相手に、どう戦えって言うんだよ……」

どうやら次の対戦相手は、すっかり戦意を喪失してしまったようだ。

今までの２人も国内では最強クラスなのに、かなり一方的に負けてしまったのがショックだったのだろう。

まあ、ちゃんとした無詠唱魔法の訓練をやらずに戦えば、そのくらいの差がつくのは仕方がないのだが……少し気の毒な気もするな。

「ヴェルド、国王として命じる。戦いなさい」

「こ、国王陛下の命令なら、戦うしかないですけど……意味ないと思いますよ？　どれだけ剣の技術を磨いたところで、あんな魔法があるんじゃ無意味です」

そうぼやきながらも、ヴェルドは剣を構えた。

しかし、いかにもやる気がなさそうだ。


確かに、ここまでの戦いは、純粋な武器の技術で勝るバルドラ王国側を、ルリイやアルマが魔法の暴力で圧殺するような形だった。

あの戦いだけ見ていれば、確かに武器の練習など無意味だと勘違いしても仕方がないだろう。

まあ、アルマの戦いはともかく、ルリイのほうの戦いは技術のおかげでそれなりに均衡《きんこう》状態を保てたという面はあるのだが……むしろ、剣に関しては基本中の基本を覚えた程度でしかないルリイに、国内でも有名な剣士が負けてしまったというのはショックが大きかったのかもしれない。


戦いを見ている冒険者達の何人かも、ヴェルドの言葉に頷《うなず》いている。

どうやら他の人々にも、剣術が無意味だという、誤った認識を持たせてしまったようだな。

実際のところ、剣に関《かか》わる魔法はむしろ剣を扱いにくくするものも多く、魔法なしで剣を使う場合以上の剣術が求められることも多いのだが。


「……剣の技は無意味じゃないぞ。お互い同じ魔法を使えるような場合、結局は剣の技術が物を言う場合も多い」

「そりゃ、『魔法を使う側』だから言えることだな。……剣一筋で生きてきた人間にしか、俺たちの気持ちは分からないさ」


鍛錬のお陰か、ヴェルドの剣の構え自体はそれなりにまともだが……視線がぼんやりとしていて、俺の動きに対応しようという気を感じない。

まるで、『どう戦っても負けるんだから、真面目《まじめ》に戦うだけ損だ』とでも言いたげだな。

あえてやる気が無いふりをして油断させるという戦術もあるが、これは恐らく……本気でやる気がないな。

俺はその様子を見て、身体強化を弱めた。

やろうと思えば身体強化で簡単に叩き潰《つぶ》せる相手だが、流石にそれをするのは気の毒というものだろう。

もう魔法の力は十分に理解してもらっただろうし、俺1人くらいは、純粋な武芸で勝負してもいいはずだ。

「はじめ！」

国王の言葉とともに、俺は前に踏み込む。

普段なら縮地などの魔法を使うところだが、わずかな身体強化しか使わずに、普通に足で距離を詰める。

ヴェルドはやる気なさげにその動きを見つつ、俺に向かって剣を振った。

やる気がなさそうな割には、それなりにまともに、俺の未来の位置を予測している感じだな。

もはや無意識でもこのくらいの動きはできるように、鍛錬を積んできたということだろう。

俺はそんなヴェルドの剣を、刃を潰した剣で受け止める。

しかし、身体強化の差で、俺の剣は押し込まれていく。


この国は確かに先進的な魔法教育が行われている国ではないが、身体強化自体の普及率はエイス王国よりむしろ高い。

そんな国の中で上位の強さというだけあって、彼の身体強化のレベルは、ちゃんとした訓練をしていない割には高かった。

今の俺に比べれば、3倍くらいは腕力がありそうだな。


俺はそんな剣を受け止めながらも、身体強化の強度自体は低いまま維持する。

そして、剣を受け流すようにして、さらに前へと踏み込みながら剣を振った。


ヴェルドは攻撃後の隙をつかれて、普通だったら攻撃への対処に苦労するタイミングだ。

だが、俺の動きは、そんな状況からでも対処できるほどに遅かった。

ルリイの戦いの時と真逆……技術面で少しミスをしても何とかなってしまうほど、今の俺とヴェルドの身体強化には差がある。

「ん？　……弱い？」

ヴェルドは拍子抜けしたような顔をしながら、俺の剣を受け止める。
俺は一瞬だけ力を入れて、剣を押し込む素振りを見せてから……今度は後ろに引いた。
そして相手の足に、足払いを仕掛ける。

「……っと」

相手は俺の動きを見て、とっさに足を下げた。
その様子に、先程のやる気なさげな雰囲気はもう残っていない。

俺はそれを見て満足して、一度後ろに下がった。
先程は最初に相手のやる気がなかったので、戦いの始まり方として少しいびつだったからな。

「もしかして、さっきまでの２人とはタイプが違うのか？」

そう言いながらヴェルドは、剣を構え直す。

先程までとは違い、本気で戦うつもりのありそうな構えだ。

口には出していないものの、勝てる可能性があると思ったのかもしれない。


「今度はこっちから行かせてもらおうか」


そう言ってヴェルドは上段に剣を構え、俺に向かって突っ込んでくる。

身体能力では向こうのほうが上なので、とにかくパワーで押し切ってしまおうという訳だな。

やる気になったはいいが……この一撃、身体強化や防御魔法なしで食らったら、普通に死ぬな。

刃を潰した剣といえども、鉄の塊ではある。

そんなものを身体強化を使いながら思い切り叩《たた》きつければ、人間を殺すのはそう難しくない。

そう考えつつ俺は、ヴェルドの剣を受け止める。

すると……ヴェルドはその場で半回転するようにして、地面に転がった。

「……は？」

地面に倒れ込みながら、ヴェルドは疑問の声を上げる。
俺はあえて追撃せず、ヴェルドが立ち上がるのを待つ。

「今のは……魔法か？」

ヴェルドは立ち上がりながら、俺にそう尋ねた。
しかし……それが魔法などではないことを、ヴェルドはなんとなく察しているだろう。
それが分からないほど、ヴェルドは弱くないからな。

「いや、身体強化しか使ってないぞ」

俺はヴェルドに、おそらく彼の予想通りであろう答えを返した。
もちろん、身体強化の強度も上げてはいない。
ただ敵の力の方向を変えて、相手が自ら転がるように仕向けただけだ。

いくら身体強化を使おうとも、関節の可動域や体の反射までは変わらない。

物が飛んできた時、反射的に目をつむってしまうような反射に関しては、まともな冒険者ならほぼ克服しているだろう。


しかし、敵の攻撃をとっさに防御する、力で押し負けそうになったら何らかの対処をする（例えば、受け流しにかかる）などといった反応は、むしろ鍛錬を積むほど強くなっていく。

だからこそ魔法戦闘師は、一般人なら反応できないような攻撃に、頭で考えるより速く反応できるのだ。

逆に反射ではなく、いちいち頭で考えて動いているとしたら、本当に魔法戦闘が身についているとは言えないだろう。


だが、それを逆手に取る手がある。

相手の剣術のレベルやスタイルを察知し、自分の動きに対して相手がどう反応するかを読むことができれば、むしろ相手の反射を利用して自滅に追い込むようなこともできてしまうのだ。

当然、それには相手の戦闘スタイルなどを完全に読めるほどの実力差が必要だ。

それだけではなく、相手の動きを観察するために、しばらく戦う必要もある。

前世で100年以上の鍛錬を積んだ俺でも、ヴェルドのような『それなりに戦える』相手を自滅に追い込むためには、結構な時間の観察が必要になるだろう。

今までの戦いでは、全く足りないと言っていい。

だが……今回の場合、相手の動きをちゃんと読む必要はなかった。

というのも、相手の身体強化が、動きをあらかじめ教えてくれるからだ。

効率的な身体強化の場合、魔力と体はほぼ同時に動く。

だから相手の魔力を見たところで、動きを予測したりはできない。

厳密にはわずかに魔力のほうが早いので、多少は役に立ったりもするが、相手の動きを完全に読むのは不可能と言っていいだろう。

ヴェルドの場合、身体強化の魔力が、体より半秒も早く動いてしまっている。

確かに魔力を早く動かしておけば、身体強化に必要な魔力操作の力は小さくて済むので、手っ取り早くそれなりの強度の身体強化を実現できる。

それと引き換えに、魔力をちゃんと見ることができる者からは、動きを読まれ放題になってしまうのだ。

もっとも、身体強化による先読みは、相手の動きを完全に読めるようになるまでの時間を短縮したに過ぎない。

10分ほどしっかり戦えば、このくらいの読みは魔力視なしでもなんとかなっただろう。

「……そうだよな。今のはただの剣技だよな」

「身体強化魔法と魔力視は使ってるが、それだけだ」

魔力視というのは、前世の時代に使われていた、受動探知の別名だ。

厳密には、受動探知も魔力視も同じ魔力感知能力のことなのだが、近くの物を詳しく見るような場合に『魔力視』と呼ばれるようなことが多かった。

受動探知と言ってもよかったのだが、この言い方のほうが分かりやすいだろう。

「魔力視？　……魔力に何の関係があるんだ」

「魔力を見れば、相手の動きがより正確に読める。正確に読めるから、今みたいなことができるんだ」

このあたりは隠しておいてもいいのだが……まあ正直に言っておいたほうが、後で受動探知の訓練を頑張ってくれそうだ。

この模擬戦の目的はワルドア行きの許可を得ることでもあるが、ついでに無詠唱魔法の普及が進められるなら、一石二鳥だからな。

今回の模擬戦で国王に指名されるような冒険者となると、国内への影響力もそれなりに大きいはずなので、無詠唱魔法を嫌いになってほしくはないという訳だ。

「……つまり魔法は俺を見るのに使ってるだけで、俺を吹き飛ばしたのには関係ないってことか」

「ああ。それはただ、剣と身体強化でやった」

「未来予知魔法とかでもないのか？」

「そんな魔法はない」

未来を予測する魔法自体はいくつかあるが、未来予知と聞いてイメージされるような、『よく当たる占い』みたいな感じの魔法は、この世には存在しない。

存在可能な未来予知魔法は、『飛んでいく矢の速度と方向から、矢が飛ぶ先を推測する』などといった紙とペンでもできるような予測を、計算魔法によって加速したようなものだけだ。

もちろん、それでも色々と使い道はあるのだが……未来予知と聞いて想像するものに比べると、だいぶ地味で用途の限定された魔法になる。


ちなみに魔法による未来の正確な予知が不可能であることは、魔法理論的にもかなり早い段階で証明されている。

そんなものがあるなら、宇宙の魔物の居場所などを探すのも簡単だっただろうな。


「魔力視も終わりにする」


俺はそう言って自分に向けて探知阻害魔法を発動し、ヴェルドの方向の魔力が見えないようにした。

今まで魔力の動きを観察できたので、もう魔力を見なくても動きは読める。

「なるほど、身体強化だけで勝負ってわけか」

そう言って剣を構えたヴェルドに距離を詰め、剣を振った。

それを受け止めようとしたヴェルドの剣の方向をそらし、関節を無理な方向に曲げるように剣の向きを誘導する。

剣を介した、一種の関節技と言っていい。

ヴェルドは体を捻《ひね》ってそれを回避しようとするが……俺はその動きすら利用して、彼の関節を無理な方向に捻《ね》じ曲げる。

そしてついにヴェルドが限界を迎え……剣を手から離した。

鈍い音とともに、ヴェルドの剣が地面に落ちる。

俺はその音を聞きながら、ヴェルドの首に剣を突きつけた。


「勝負あり！」


リドア国王の声が、訓練場に響き渡る。

それを聞きながら、ヴェルドが口を開いた。

「……悔しいが、完敗だ。エイス王国は、魔法任せだけじゃないんだな」

「いや、それはマティ君が特別なだけだけどね……」

「魔法なしで今日の相手たちに勝てる人は、エイス王国にもあんまりいないと思います……」

まあルリイが言う通り、あまり多くはないだろうな。

まず間違いなく今日の俺たちの相手は、無詠唱魔法が輸入される前から冒険者として有名だった者達だ。

エイス王国にも似たような立ち位置の冒険者はいたのだろうが、数としては少ないはずだ。

バルドラ王国の教え方だと、身体強化自体の技術には、ほとんど個人差が出ないだろう。

唯一差がつく部分があるとしたら、紋章による差だな。

今回相手になった剣士二人がどちらも失格紋だったのは、それが理由だろう。

同じ紋章なら、身体強化や攻撃魔法のレベルは誰《だれ》でも変わらない。

そういった状況なら、純粋な剣技などが上手《うま》かったり、素の筋力が高かったりするほうが強いという訳だ。

「……なるほど、マティアスは珍しい技術タイプなんだな。……ちなみに、今みたいな感じで最初の奴……ルリイ・アーベントロートに勝てるのか？」

「いや、無理だな」

ルリイの動きを読むのは簡単だが、今みたいなやり方で対処するには、ルリイの身体強化のレベルは高すぎる。

先程のレベルの身体強化だけで何とか勝てと言われれば、方法はいくつか思いつくが……同じ方法とはいかないだろう。

「パーティーで一番強いって話だったが……」

「ヴェルドよ、彼は手加減をしていたのではないか？」

ヴェルドの言葉を遮《さえぎ》って、リドア国王が口を開いた。

今の戦いを見ていた者……特に剣にあまり詳しくない者にとっては、ごく当然の疑問だろう。

とはいえ、ヴェルドがこの当然の疑問を口に出さなかった理由も理解できる。

戦いがある程度分かってくると、相手が本気で戦っているかどうかも、なんとなく感じ取れるようになるものだ。

そこで俺は、相手からは本気で戦っているように見える戦い方をしていたというわけだ。

まあ、それは魔力を見れないならの話で、魔力をちゃんと見れる人間なら、俺が本気で戦っていないことはすぐに分かっただろうが。

「……手加減してたってことか？　手加減っぽいわざとらしさは感じなかったんだが……」

「そう見えるように戦ってたからな」

「つまり、本気じゃないのを見抜けないほど、力の差があったって訳か……」

そう呟《つぶや》きながら、ヴェルドは唇を嚙《か》みしめる。

手加減すら見抜けないというのはだいぶ技術に差がある証拠なので、剣の技に誇りを持っていた身としてはショックなのかもしれない。

「一度、本気で相手してもらっていいか？　あれだけの技を使える奴が、魔法でどう戦うのか見てみたい」

「……本気で身体強化を使うって話でいいか？　本気で魔法戦闘をするのは、流石に危険だ」

「ああ。頼む」

なんというか、元々の目的からはだいぶ外れてきたな。

もはや彼らは、安全を理由に俺たちがワルドアに行くこと自体に反対するつもりはないだろう。

今は試験というより、無詠唱魔法という技術のお披露目……俺が第二学園に入ったばかりの頃にやったのと同じようなことをやっている感じだ。

まあ、当時に比べれば相手のレベルも、俺たちが使える魔法のレベルも上がっているのだが。

「分かった」

俺はそう言って、剣を斜め下に構えた。

先程のように、相手の力を利用する小細工はしない。

むしろ相手が最も自信を持って受け止められるよう、相手がただ上段から剣を振り下ろすだけで俺の剣を受け止められるような角度で斬《き》り上げる。

これには安全面の理由もある。

彼が力に耐え切れなかった時、上に吹き飛ばされるような形ならそれなりに安全だからな。

ヴェルドは俺の構えを見て、意図を察したようだ。

上段に剣を構えて、俺の動きを待つ。

それを確認して俺は、見物人たちに告げる。

「巻き込まれると危ないから、ヴェルドの後ろを空けておいてくれ」

見物人たちは、俺たちを遠巻きに取り囲むように集まっている。

そのためヴェルドの後ろに10メートルほど行った場所にも見物人がいるのだが……あの位置では危ない。

「こ、この位置で巻き込まれる⁉」

「流石にないだろ……」

そう言いながらも、ヴェルドの真後ろにいた人々は動いていく。

どうやら流れ弾を軽視しているらしく、観客たちはせいぜい数メートルの隙間《すきま》を空いただけだが……まあ、なんとかなるだろう。

「行くぞ」

俺はそう言って一気に踏み込むと、下から剣を斬り上げた。

ヴェルドは剣を振り下ろしてそれを受け止めようとするが……パワーの差がありすぎる。

これだけ力の差があると、受け流すということもできない。

せいぜい剣の軌道をわずかに変えるのが限界だが、それでは剣を避け切れないのだ。

俺の剣は相手の重心をまっすぐに貫くような軌道なので、受け止めるなら力が入りやすいが、受け流すには全く向いていない。


この剣の刃は潰してあるが、それでもこれが当たれば、ヴェルドは真っ二つに切断されるだろう。

切れ味が悪くとも、力任せに引きちぎれば割となんとかなるものだ。

そうはならない程度の実力があると判断したからこそ、俺はヴェルド相手に本気を出すことを了承したのだが。


「ぐ……」


ヴェルドは俺の力に逆らわず、吹き飛ばされることを選んだ。

吹き飛ぶのも受け流しの一種なので、実戦ならそんなことができないように戦うところだが……今回は、これで想定通りだ。

ちょうど見物人の切れ間を通り抜けるように、ヴェルドが吹き飛んでいく。
俺はさらに身体強化で前へと走り……吹き飛ぶヴェルドに追いついた。
そして、ヴェルドの首に剣を突きつけながら、結界魔法でヴェルドを受け止める。

「これでいいか？」

「……吹き飛ばされるのは予想してたが、この勢いに追いつけるとは……やっぱり化け物なんだな」

そう言いつつも、ヴェルドの表情はあまり悪くなかった。
魔法による力押しだけでなく、剣の技術も必要だと分かったのが大きいのだろう。
彼らが今まで積んできた鍛錬は、無駄ではなかったという訳だ。

第四章

「最後はワタシですね！　魔物退治ですか？」

ヴェルドとの模擬戦が終わった後。
イリスがそう言って、前に出たが……。

「その話なんだが……ワルドアに行く前に試験が必要だと言ったのは私だが、もはや私は君たちの心配をしていない。我が国よりはるかに強いのだから、行けるかどうかは自分で判断してもらったほうがいいだろう」

そう言ってリドア国王が、試験を終わりにしようとする。
まあ、今までの戦いの実力差を考えれば、妥当な判断といったところだろう。
だが……その言葉に、冒険者の1人が異議を唱えた。

「ここまで来て、1人だけ試験なしってのは……どうなんですかね？」

「先程までの戦いは見ていただろう？　その彼らが大丈夫だと言うなら……」

「もちろん、俺《おれ》にもそれは分かりますよ。ただバルドラ王国の意地として、負けっぱなしってのは気に食わねえ。せめて1回くらい勝ちたいとは思いませんか？」

冒険者の言葉に、リドア国王は神妙な顔つきになった。

確かに国内最高の冒険者たちが、こうも一方的にやられたとなると、一国の王としては思うところがあるだろう。

「では、勝てる策があるというのかね？　模擬戦はなしだぞ」

「もちろんです。こんな化け物たち相手に、普通の戦いじゃ厳しいでしょう。ですが……この国には、ディルギアがいます」

「……なるほど」

冒険者の言葉に、リドア国王は頷《うなず》いた。

どうやら、俺たちに勝てる可能性がある道を見つけたようだな。

こういった相談を目の前でやるのもどうかと思うが、普通の戦いではもう勝てないことを認めたということなのだろう。

「陛下、流石にそれは……」

「見苦しいことは分かっている。だが一度くらいは見たくないかね？　我が国が、無詠唱魔法の本場に勝つのを」

どうやらディルギアという人間を出すのは、あまり気が進まないことのようだ。

なにか人格的に問題があったりするのだろうか。

「すまないが、我々の最後のあがきに付き合ってもらえるかね？　たとえ負けても、ワルドアの場所は教えることを約束しよう」

「……危なくない内容なら大丈夫です」

「危なくはないはずだ。純粋に、身体強化の強さを競うだけだからな」

身体強化か……。

まあ、殴り合ったりするのでなければ、イリスがやっても大丈夫だろうか。

イリスの場合、相手の心配をしないといけないんだよな。

「ディルギア、出てきてくれ」

「へい」

そう言って見物人たちの中から出てきたのは……筋骨隆々などというレベルを超えた、凄《すさ》まじい筋肉の持ち主だった。

とはいえ、恐らく彼は冒険者などではないだろう。

魔法戦闘では、あそこまで巨大な筋肉は必要ない場合が多いからな。

前世の時代にも、魔法戦闘師は決して最高の筋肉量を誇る職業ではなかった。

むしろ筋肉の大きさや、身体強化なしで持ち上げられる重りの重さという意味では、非戦闘員の……それなりに腕力を使う仕事をしつつ、とにかく筋肉を鍛えることを趣味にしているような人々のほうが上だったのだ。

このディルギアという男も、恐らくその類いの人間だな。

「彼はディルギア。我が国で比肩する者のいない……腕相撲のチャンピオンだ」

その言葉を聞いて、俺達3人……俺とルリイとアルマは、顔を見合わせた。

確かに彼は、この国の人間としては腕相撲最強と言っていい存在なのだろう。

身体強化のレベル次第では、俺も勝てるかどうか分からない。

しかし……それはあくまで人間という種族の中での話だ。

ドラゴン……しかも上位ドラゴンの一種である暗黒竜と人間が腕相撲をするなど、許されていいことではない。

「いや、腕相撲は流石に……」

俺はなんとかして、このアンフェアな戦いの実現を防ごうとする。

こんな戦いは、あってはならないのだ。

しかし……。

「あんなひ弱そうな女の子とディルギアを戦わせるなんて、本気か……？」

「いくら負けて悔しいからって、流石にやりすぎじゃ……」

見物人たちも、この戦いには呆《あき》れているようだ。

まあ、彼らが戦いの心配をしている理由は、俺たちとは逆かもしれないが。

などと考えていると……。

「腕相撲……勝ったらお肉がもらえるやつですよね⁉」

イリスがそう言って、目を輝かせ始めた。

確かに昔、イリスがそういう腕相撲大会に出ていたことがあったな。

イリスは当然のごとく優勝して、商品の『肉1年分』を獲得したのだが、1年分だと書いてあるのに1日分にしかならなかったと言って、イリスが憤慨していたのを覚えている。

「いや、別に肉はもらえないと思うが……」

「いいぜ！　もし俺に勝てたら、バルドラ・キャトルを1匹やるよ」

「……バルドラ・キャトル？」

「ウチの店で扱ってる中で、一番いい肉だ。エイス王国人は知らないかもしれないが、脂が乗ってて最高なんだぜ？」

どうやらディルギアは肉屋だったようだ。

しかし、そうするとまずいな。

なんとかしてイリスとディルギアの戦いを止めるつもりだったが、これではやる気になってしまうかもしれない。

そう考えたのだが、意外にもイリスは渋い顔をしていた。
もしかして、バルドラ・キャトルはあまり好きではないのか？
などという希望は、次の一言で打ち砕かれた。

「1匹だけですか？」

「……5匹だ」

イリスの目が輝いたような気がした。
どうやら種類ではなく、量の問題だったようだ。

「待ってくれ。こっちは何かを賭《か》けている訳じゃないのに、そんな商品を出して大丈夫か？」

「問題ない。……ここで一度勝てるかどうかには、俺たちの国の誇りがかかっているんだ」

「分かりました！」

こうして、行われるべきではない戦いが、行われることになってしまった。
……可哀想《かわいそう》な気もするが、この戦いを生み出してしまったのは彼ら自身なので、仕方がないかもしれない。

◇

「ほ……本当にいいんですね？」

「大きいの５匹なら大丈夫です！」

旗を持った審判員の声に対して、イリスはそう返す。
恐らく彼女がしたかったのはバルドラ・キャトルではなく、この勝負を行うこと自体についての質問だと思うのだが……まあ、イリスなら問題はないだろう。

「では、用意……」

その言葉とともにイリスとディルギアが、腕相撲の体勢を取る。

この戦いに使われる机は、鋼鉄製の重厚なものだ。

一応、イリスがこれを壊そうと思えば壊せるとは思うが……わざと壊さなければ、多少歪《ゆが》む程度で済むだろう。


「始め！」

その言葉とともに、腕相撲が始まった。


だが最初の一瞬、2人の腕は動かない。

とはいえ……力が拮抗《きっこう》しているという訳ではない。

これはイリスが以前の大会で身につけた、腕相撲のテクニックだ。


イリスがいきなり力を入れると、事故が起こってしまうことが多い。

そのため、以前に腕相撲大会に参加するにあたって、ゆっくりと勝負をつけることを条件として出したのだ。

俺はそのための練習相手として、色々と苦労したのだが……そのかいあって、イリスはそこそこ安全な腕相撲術を身につけたのだ。

「う、うぐ……！」


イリスは顔色一つ変えずに、力をコントロールしながら腕を押し込んでいく。

それに対して、ディルギアは全力だ。

全力にもかかわらず、イリスを1ミリも押し返せないので、困惑しているようだ。


「まあ、こうなるんだよな……」


腕相撲が続くに従って、彼の表情は段々と絶望に変わっていく。

これは以前の腕相撲大会でも、何度か起こったことだ。


しかしイリスは、別に勝つために頑張ってはいない。

ただ相手に怪我《けが》をさせないように……というか俺たちによって大会への出場を取り下げられないように、ゆっくり勝負をつけようとしているだけだ。

その余裕は、相手にも伝わってしまう。

この、イリスが身につけた腕相撲術……相手の体に怪我を負わせない技は、むしろ時間をかけてじわじわと相手の心を折ることになってしまう。

相手は『イリスには敵《かな》わない』ということを認識しながら、ゆっくりと負けを味わうことになるのだ。

むしろ一瞬で勝負をつけられて、腕に多少の怪我を負うほうが、まだ優しい面もあるかもしれない。


「あれ、いつものヤツじゃなくて……本気じゃない？」

「お、王国の身体強化は、ここまでヤバいのか……!?」

「っていうかあの子、全然本気出してなくない……？」


観客たちも、異変に気づいたようだ。

恐らく『いつものヤツ』というのは、最初のうち劣勢なふりをするとかだろう。

試合を盛り上げるために、たまにやろうとする人間がいるみたいだからな。

だが、今回のはそういうものではない。

ただ何もさせてもらえないだけだ。


「う、うおおおぉぉ！」


ディルギアが、気合の叫びを放った。

同時に彼の腕に魔力が集まり、身体強化の強度が高まる。

……この国で今までに見た中では、最高レベルの身体強化だな。

第二学園の生徒などでも、ここまでのレベルの身体強化を発動できる者はほとんどいないかもしれない。

何の訓練も受けず、この強度の身体強度を実現できたことは、驚きに値する。

戦いの中で、魔法が急激に上達する……こういったことは、前世の時代にも何度か報告されていたことだ。

本人の技術ではどうしようもない状況の中で、なんとかしようとして魔力を動かした結果、たまたまうまくいったのが原因ではないかと言われているが……いずれにしろ、本人の元々の力以上のものを発揮できるのは間違いない。

こういった場面で掴《つか》んだコツによって、魔法戦闘師として強くなった者もいるはずだ。

そんなディルギアの力によって、イリスの腕が1ミリだけ押し返された。

そして次の瞬間、反射的に力を込めたイリスによって、ディルギアはねじ伏せられた。

ガンッ、という鈍い音とともに、ディルギアの腕が金属製の机に叩《たた》きつけられる。

「ぐあっ！」

「あっ」

イリスが、『しまった』と言いたげな顔をする。

安全にゆっくり終わらせるつもりが、一気に勝負をつけることになってしまったので、相手の怪我の心配をしているのだろう。

まあ、今の感じなら、ギリギリ怪我はしていないと思うけどな。

「な、なんでビクともしねえんだ……!!」

腕を押さえながら、ディルギアがイリスに尋ねる。

「……腕相撲って、そういうものじゃないんですか？」

イリスの言葉を聞いて、ディルギアは虚をつかれたような顔をする。

それから……彼はゆっくりと頷いた。

「確かに、そういうものだったな。俺も今日まではそうだと思っていた……」

恐らくディルギアにとって、腕相撲というのは『勝って当然のもの』だったのだろう。

勝負が白熱している感じを演じるために手を抜くことはあっても、本気を出せば一方的に勝てるものだと、そう思っていたわけだ。

ある意味、イリスと同じだな。

「完敗だ。もちろん商品は用意する」

そう言ってディルギアは立ち上がった。

やはり、怪我はなさそうだな。

急にディルギアが強くなって、驚いたイリスが力を込めてしまったようだが……どうやら怪我をするほどではなかったようだ。


などと考えていると、ディルギアがまた身体強化を発動した。

先程イリスとの戦いで発揮した身体強化と同じ力だ。

どうやら一度だけの成功ではなく、彼はコツを摑んだようだ。


「……なあ、最後のほうの俺、それなりに強かったよな？」

「えっと……今まで腕相撲をしたニンゲンの中では、一番強かったです！」

イリスの言葉を聞いて、ディルギアは満足気に頷いた。

この相手に負けるなら仕方がない。

そう言いたげな顔だ。

「ディルギアでも勝てない……⁉　王国の身体強化はどこまで進んでるんだ……」

「あれ、本当に人間か？」

見物人の中には、鋭い者もいるようだ。

彼の想像通り、イリスは人間ではない。

「……身体強化を極めたら、あんな力が出せるのか……？」

「時間はかかるが、一応は出せるな」

冒険者の言葉に、俺はそう答える。

一応、嘘《うそ》は言っていない。

たとえば前世の俺などであれば、今のイリスにもあっさり勝てるだろう。

「イリスは……身体強化っていうか……反則ですからね……」

「敗因があるとしたら、イリスに勝負を挑んだことだね……」

こうして、俺たちがワルドアに行っても安全かどうかを確かめる戦いは、終わりを告げた。

途中からバルドラ王国との親善試合みたいになっていたが、まあ問題はないだろう。

魔力は大して消費していないし、時間も……危険地帯に行くとしたら、安全な場所で一泊して体力を回復してからにしたいしな。

第五章

chapter 5

翌日。

街で一泊した俺《おれ》たちは、ワルドアに出発しようとしていた。

ちなみにイリスのバルドラ・キャトルは、すでに彼女の胃袋の中だ。

「本当に、道案内や荷物持ちはいらないんですか？」

「ああ。大丈夫だ」

模擬戦が終わった後の待遇は、至れり尽くせりだった。

バルドラ王国の地理とワルドアへのルート、そして今までに入手してきた情報などを教えてもらい、街で一番いい宿まで用意してくれたのだ。

ワルドアの調査は、バルドラ王国も何度も失敗して被害を出してきた悲願なので、なんとしても達成してもらいたいという訳なのだろう。

荷物持ちの提案も、その協力の中の一つだ。

超危険地帯に入るまでは他の者に荷物を任せ、体力を温存してはどうか……という提案だったのだが、やめておいた。

これだけ魔物だらけの状況では、途中まででも全く安全とは言えないしな。


道案内についても同様だ。

安全性の責任を持てない以上、他国の民の協力を受けるのは避けたい。

土地勘がないとはいえ現在位置や方角を確かめる魔法はあるので、正確な位置さえ分かれば移動に問題はないしな。


「必ず、無事に帰って来てくれ」

「はい。……帰りはこの街に寄るか分かりませんが、無事帰還の報告はエイス王国から送ってもらいます」

俺はそう言って結界魔法を発動し、ここに来る時に渡った川の上を走り始めた。

◇

「そろそろバレないと思うので、ワタシが飛びますか？」

しばらく進んだところで、イリスがそう尋ねた。

確かにワルドアまでは、結構な距離がある。
移動の速さという意味では、飛んだほうが間違いなくいいのだが……。

「やめておこう。あまり目立ちたくない」

ドラゴンの姿になったイリスは、魔法的にも視覚的にも、あまりにも目立つ。
魔力災害が起こった場所に誰《だれ》もいないならそれで問題ないのだが、もし魔族や、ミロクのような人間……織星霊《しせいれい》の手下などがいた場合、かなりの危険が伴う。
イリスは的としてはあまりに大きいため、ドラゴンの防御力が効かないタイプの攻撃を受ける可能性がある場では、むしろ人間の姿のほうが安全なのだ。

『理外の術』による攻撃は魔法と違って、事前に探知しにくい。

不意打ちを受ける可能性を考えるとイリスの姿を晒《さら》すのは避けるべきだ。

ここは多少面倒でも、地道に走ったほうがいいだろう。

◇

ワルドアへの道のりは、かなり順調だった。

俺たちはリドア国王から受け取った地図をもとに、バルドラ王国の道を走っている。

直線ルートに比べてわずかに遠回りだが、障害物などを意識せずに速度を維持できるので、道なき道を走るよりずっと早いのだ。

「えっと、今度は右で、その次は左です！」

ルリイは地図の束《たば》を持ってそう告げる。

バルドラ王国が俺たちにくれた地図は、大きな街道だけでなく、各地に通る小さな道なども入ったものだ。

地図にはバルドラ王国の専門家たちによって、ワルドアに向かう最短ルートや、道の一部が使えなかった場合の迂回《うかい》ルートに至るまで、事細かに情報が書かれている。

そのため、道から外れてしまう心配なく、目的地に着けるというわけだ。

方角さえ分かればなんとなく道をたどる事はできるが、本当にその道が目的地までちゃんと続いているのか分からないので、この地図に従っておいたほうがいいだろう。


「そぉい！」


そう言ってイリスが槍を振り回し、目の前にやってきた魔物を殴り飛ばす。

走るスピードは一切《いっさい》緩めず、安定した形で槍を扱えているのは、イリスも成長した証しだな。


「ブゴッ！」


イノシシの魔物は、回転しながらどこか遠くへ飛んでいく。

あの魔物も数百キロの重さがあるはずだが……あまり関係はないようだ。

ちなみに進行方向に飛ばすと血の匂《にお》いで魔物を引き付けてしまう可能性があるので、一応横に飛ばすようにしてもらっている。
それから間もなく、次の魔物が顔を出した。
今度は熊の魔物だ。

「えいっ！」

イリスが槍を振ると、また魔物が飛んでいった。
今度の魔物は、ほとんど回転せずに飛んでいく。

「おおっ！　綺麗《きれい》に飛びました！」

「いい飛ばし方だな」

今回の魔物飛ばしは、イリスの訓練も兼ねている。
できるだけ魔物が回転しないように、重心の近くに槍を当てる練習だ。
魔物が回転するということは、その分だけ力が無駄になっているということだからな。

「少し魔物が増えてきましたね……」

「ボク、そろそろ戦ったほうがいいかな？」

次々に魔物を弾《はじ》き飛ばしていくイリスを見ながら、アルマとルリイが周囲の様子を見る。

街道などは確かに走りやすいが、見晴らしがいい場所が多いせいで、魔物が集まりがちなのだけがデメリットだ。

ちなみに今回の移動では魔物との交戦はできるだけ避け、イリスが倒せる魔物はイリスに任せることになっている。

アルマが弓を使えば、向かってくる魔物は近付く前に倒せるのだが……やはり矢とアルマの魔力を消費することになるので、いつまで戦いが続くか分からない今の状況では、できるだけ温存したい。

矢はルリイがその辺の木などから作ることもできるが、それはそれでルリイの魔力を消費するしな。

「イリスだけで倒し切れなくなったら、俺が戦う。ルリイとアルマはギリギリまで魔力を温存してくれ」

俺はそう言って、剣を抜いた。

俺も戦えば多少は魔力を消費するが、長期戦になった時、最初に魔力が切れるのはアルマかルリイだからな。

厳しい戦いになった場合、1人でも動けなくなれば戦況は一気に厳しくなるので、2人の魔力は残しておきたいところだ。

まあ今のところは、俺が手を出す必要もあまりなさそうなのだが。

さっき魔物が増えたのは一時的なもので、まだイリス1人でも簡単に対処可能な範囲だからな。

その分俺は、受動探知での周囲警戒に専念できるというわけだ。

「分かりました！」

「了解！　……なんかサボってるみたいで気が引けちゃうけど、しばらくは任せるよ！」

「ああ。必要な場面で戦えるように、余裕があるうちは力を温存しておいてくれ」

などと話していると……イリスが斜め前を見て、複雑な顔をした。

魔力反応的には、特に異変はなさそうだが……何かあったのだろうか。

そう考えてイリスと同じほうを見ると……そこには見覚えのある魔物がいた。

「……バルドラ・キャトルか」

「あれ、飛ばさなきゃダメですか？」

どうやら複雑な顔をしていたのは、倒すのが難しそうだからではなく、遠くに弾き飛ばしてしまうのがもったいないからだったようだ。

敵というより、食料として見ているようだな。

「別にいいが、立ち止まって焼いてる暇はないぞ」

イリスはドラゴンなので、生肉などを食べても体調を崩すようなことはない。

それどころか、たとえ人間にとって猛毒の生き物などを食べても、ほとんど無害と言っていいだろう。

ドラゴンの消化器官は食べた物をすべて魔力や魔素に変換してしまうので、人間の消化器官に対して有害であっても、ドラゴンには関係なかったりするのだ。


しかし、それはあくまで害があるかないかの話だ。

食べて美味しいかどうかとなると、少し事情が違ってくる。


ドラゴンの姿を取ったイリスの味覚は、おそらく人間にかなり近い。

そして一般的な人間は、生肉の塊にかじりついても、美味いとは感じないものだ。

生肉を薄切りにして味をつけたものなどは、一部の地方だと食べられているようだが、塊のまま食べる人間は少数派だろう。


要するに、イリスも肉を食べる場合、できれば焼いて食べたいというわけだ。

昔は生で食べるようなこともあったようだが、最近は人間基準での美味しい食事に慣れたせいか、あまり生で食べているところは見かけない気がする。

まあ、ちゃんと焼いた肉も、骨ごと食べたりしているので、厳密には人間と少し味覚は違うのだが。

「つまり……走りながら焼くなら大丈夫ってことですね⁉」

「それならいいぞ」

イリスの提案を、俺は快諾した。

イリスも炎魔法を使えば魔力を消費するが、イリスの場合、魔力はほぼ無尽蔵と言っていいからな。

まあ、イリスの魔法でちゃんと肉を焼けるならの話だが。

「……やってみます！」

イリスの言葉を聞いて、ルリイとアルマが少し距離を取った。

恐らく、正しい判断だろう。

俺はその様子を見て、周囲への警戒を強める。

イリスの魔法は魔力的に目立つので、もし周囲に魔力探知を使える者がいれば、存在に気付くだろう。

とはいえまだワルドアは遠いので、基本的には問題ないはずだ。

一番警戒すべきは、パーティーの中かもしれないな。

そう考えたところで……俺たちのもとに突っ込んできたバルドラ・キャトルを蹴《け》り飛ばした。

「捕まえました！」

首の骨が折れて即死したバルドラ・キャトルを担《かつ》ぎ上げると同時に、イリスの魔力が動いた。

そして……イリスの手から炎が吹き出し、バルドラ・キャトルを焼き始める。

「爆発《ばくはつ》とかはしないみたいですね……」

「つまり……ボクよりイリスのほうが、料理が上手ってこと⁉」

イリスの様子を見て、アルマとルリイが驚きの声を上げる。

なんだかんだ、イリスの魔法も上達してきているのだ。

イリスの魔法が上達したのは単純な鍛錬以外にも、魔力回路の修復が進んできたという理由がある。

元々、イリスの魔法制御力が非常に低かった理由は翼の魔力回路の損傷だったりもするので、それさえ治れば多少は制御が効くというわけだ。

ルリイの付与魔法技術が上がってきたおかげで、翼の修復も進みやすくなっているしな。


……こうやって走りながら肉を焼くのは、魔法の訓練としてもいいかもしれないな。

単純な理屈で言えば、わざわざ実戦の途中で魔法の訓練……それも実戦とは関係のない訓練をする意味はあまりないのだが、やはり真剣度という意味で、肉が食えるかどうかが懸かっているというのは大きいだろう。

それに……この状況には、安全な場所で肉を焼く練習をするのとは違う点が、もう一つある。


「邪魔です！」

襲いかかってきた魔物を、イリスは蹴飛《けと》ばそうとした。

今までイリスは槍で戦っていたが、戦力的な面でいうと、イリスが槍を使う必要はあまりない。

イリスに蹴飛ばされた魔物は、体のどこかが砕けるなり潰《つぶ》れるなりして、まともに動くのは難しい状態になるだろう。

魔物が息絶えるかどうかは当たりどころによるだろうが、俺たちを追えない程度の状態にできるのであれば、問題ないというわけだ。


そのため、敵を蹴飛ばすこと自体はいい。

しかし……イリスが魔物を蹴飛ばしながら、魔力の制御を維持できるかどうかは話が別だ。


「わっ⁉」


手から吹き出す炎の出力が急激に上がり、イリスは慌てて魔法を制御しようとする。

だが……それは逆効果だった。

魔力自体の出力を絞らないまま制御を強めたことにより、むしろ魔力から炎への変換効率が上がってしまい、火力を上げる結果になってしまったのだ。

その結果……。

「ちょ……待ってくださ……」

イリスの手元で、爆発が起こった。

やはり、かなり意識を集中していないと、魔法は制御できないようだな。

無意識に制御を意識できるレベルにならないと、実戦で使うのは難しいのだ。

まあ、だいぶレベルが上がってきたとはいえ、戦闘中にイリスが魔法を使うのはあまりよくなさそうだな。

戦闘中、最も近くにいる人間は味方だったりすることも多いので、手元で爆発が起こると巻き込まれてしまう可能性も高い。

イリス自身はこの程度の爆発事故で怪我《けが》や火傷をすることはないが、ルリイやアルマは不意打ちだと危ないところもあるし。

「ちょっと小さくなっちゃいましたけど……焼けてます！」

爆発が収まった後、イリスはバルドラ・キャトルを手に持って嬉《うれ》しそうな声を上げた。

どうやら爆発事故を起こしながらも、イリスは魔物を手放さなかったようだ。

それどころか、表面の毛皮などの食べにくい部分がある程度吹き飛んだおかげで、食べやすくなっているかもしれない。

「うーん、香ばしいですね！　悪くない仕上がりです！」

イリスは残った肉にかじりついて、そう呟《つぶや》く。

当然のごとく肉は焦《こ》げたわけだが……それでも悪くはない味のようだ。

まあ、人間が食べたら普通に口の中を火傷する温度だろうが、そういったことはイリスには関係がないしな。

そもそも普通の人間だったら、最初の爆発の時点で手を離していただろうが。

「……ちょっとしか焼けてなかったです」

表面の焼けた部分を食い尽くしたイリスが、そう言ってまた炎魔法を発動し始めた。

……火力が高い場合、肉の表面だけが焼けて、中は生のままだったりすることは珍しくない。

今回も、そういった感じになってしまったのだろう。

◇

それから3回の爆発を経て、イリスはバルドラ・キャトルを食べ尽くした。

食べ尽くしたとはいっても、肉の9割以上は爆発によって吹き飛ばされたり、過剰な火力で黒焦《くろこ》げになったりしてしまったのだが……とりあえず、肉がなくなったのは確かだ。

「うーん、どこかにもう1匹……いました！」

ちょうどいいタイミングで、もう1匹出てきたようだ。

いい魔法の実験台になってくれるかもしれないな。

そう考えていたのだが……2匹目のバルドラ・キャトルを倒したイリスは、炎魔法を発動しようとはしなかった。

代わりに、先程のバルドラ・キャトルから取り出した魔石を、ルリイに差し出す。

「お肉を焼ける魔導具、これで作ってください！」

……そうきたか。

確かに、魔導具を使って肉を焼くのであれば、ルリイはほとんど魔力を消費せずに済む。

魔導具が使うのは本人の魔力ではなく魔石に含まれた魔力なので、魔導具づくりは非常に魔力効率がいいのだ。


「えっと、作れます！」


これだと、練習にはならないな……。

まあ、今回は多少の練習ができたので、よしとするか。

自分の力だけに頼らず、魔導具や仲間の力を借りるというのも、大切な発想だしな。

◇

それから1時間ほど後。

2匹目のバルドラ・キャトルを食べ終わったイリスが、悲しげに骨を見つめた。

「頑張って焼いたのに、あっという間になくなっちゃいました……」

この1時間のうち、イリスが肉を食べていた時間は、ほんの5分あるかないかだろう。

バルドラ・キャトルの魔石はそこまで格が高いものではないので、魔導具の火力もあまり高いとは言えなかった。

そのため、巨大な肉を焼くには時間がかかってしまったのだ。

「もう1個魔石が出てきました！　二つ使いましょう！」

……どうやらイリスは、調理用の魔導具を増やすことによって問題を解決するつもりのようだ。

しかし残念ながら、今はそれ以上の問題がある。

ここ30分ほど、バルドラ・キャトルを1匹も見かけていないのだ。

「……少し、魔物の性質が変わったな」

俺はそう呟きながら、近くにやってきた魔物を剣で斬《き》った。

角の生えた、脚が6本ある象のような魔物だ。

先程まで現れていた魔物よりも、明らかに大きい。

斬った感触も、今までと少し違う。

今までの魔物と比べて、少し魔素が濃い感じだ。

「ワルドアに近付いてるから、魔物も強くなってる……？」

「……いや、距離は関係ないはずだ。どうせ同じ場所で生まれた魔物だろうからな」

魔力災害で生まれた魔物の行動は、生まれた魔力災害の性質による。

その場にとどまるタイプもあれば、一方向にひたすら走るようなものもあるし、同じ場所をぐるぐる回るような例もある。

また、普通の魔物と同じように縄張りを持ったり、狩りをしたりするようなタイプもいる。

今回ワルドア付近で起きている魔力災害の魔物は、一方向に走る性質が強いようだ。

今までに見た魔物には、どれも同じ場所が由来と思《おぼ》しき魔力の痕跡が残っていたので、出処《でどころ》はほぼ一箇所だと考えて間違いないだろう。

魔物たちは、全員同じ向き……ワルドアの方角からやってきたしな。

「……同じ場所で生まれたのに、魔物が強くなってるってことは……」

「ワルドアの近くにいる魔物は、後から生まれた魔物だ。つまり、魔力災害が変化している可能性がある」

魔物たちが走り続けるとしたら、先に生まれた魔物はワルドアから離れた場所に、最近生まれた魔物はワルドアの付近にいるはずだ。

例外は足が遅い魔物だが、強い魔物ほど脚も速いケースが多いので、強い魔物が近くにいるのは魔力災害の状況が変わったことが原因の可能性が高いだろう。

一応、他に考えられる可能性もいくつかあるが、魔物が持つ魔力の雰囲気などを見る限り、魔力災害の変化でほぼ間違いないような気がする。

「さっきからバルドラ・キャトルを見かけないのも、そのせいですか!?」

「そうかもしれないな」

などと話している途中で、前方に見慣れた魔力反応が現れた。

バルドラ・キャトルの魔力反応だ。

それも、30匹近くいる。


「バルドラ・キャトルの群れがいる。あれを仕留めたら、一度止まって食事にしよう」


今までに出てきたバルドラ・キャトルは1匹だけか、せいぜい2匹同時に出てくる程度だった。

にもかかわらず、この魔物が強くなり始めたタイミングで30匹現れたのは、偶然ではないだろう。


魔力災害が強くなる時、ちょうど強さが変わるタイミングでは、魔力や魔素が不安定な状態になる。

そのため、魔力が一箇所に集まるのに失敗し、本来生まれるより格下の魔物が群れの状態で生まれることがある。

いま目の前にいるバルドラ・キャトルは、そのたぐいのものだろう。

「……魔力災害が強くなり始めたのに、のんびりご飯なんて食べてても大丈夫なの？」

アルマの疑問はもっともだ。

だが、この状況だからこそ、今のうちに食べておくべきなのだ。

食料はもちろん収納魔法に用意しているのだが、収納魔法は魔力上限を減らしてしまうため、その量は最低限になっている。

たいていの戦闘では、食料が尽きて死ぬより魔力が尽きて死ぬほうが早いので、あまり沢山は用意していないのだ。

もし食料がない状況でも、それなりの日数は……快適かどうかはともかく、死ぬことはないしな。

というわけで食料を調達できるところでは、現地調達で食べるのが基本だ。

しかし、今のように魔物が強くなってしまうと、食べる暇がないというのもそうだが……そもそも魔物を食べるというのが難しくなる。

強い魔物の体組織は頑丈すぎて、人間が噛《か》んだり消化したりするのに向かなくなってしまうことが多いからだ。

普通に生まれた魔物であれば例外も結構いるのだが、魔力災害産の魔物の場合、特にその傾向が強くなる。

なにか特定のボスを倒せば終わりみたいな戦闘と違い、魔力災害が原因の戦闘は長期戦になりやすい。

そのため、運良くこういったタイミングで食事ができるのであれば、食事を取っておくというのは合理的な判断なのだ。

やってきた魔物の状態を見る限り、魔力災害は継続的に変化し続けているというより、急激に何段階か強くなった後で固定化されたような雰囲気だしな。

そうだとすると、あまり接近を急ぐ必要もない。

などと考えつつ俺は、次々にバルドラ・キャトルを倒していく。

魔力温存のため、強化魔法は最低限だ。

「ルリイ、偽探知結界を作っておいてくれ」

「分かりました！」

そう言ってルリイが、魔導具をいくつか取り出す。
偽探知結界というのは、魔物を直接的に防ぐのではなく、魔物に偽の魔力反応を見せることによって自分たちがいない場所へと誘導する魔法のことだ。
結界魔法というよりは隠密魔法や偽装魔法に分類されることが多い魔法だが、使い方としては結界魔法に近いので、この名前がついている。

「できました！　……でも、効くでしょうか……？」

「魔物の強さが変わらないうちは効くはずだ」

偽探知結界の最大の弱点は、相手が強い魔物などになると、効果がなくなってしまうことだ。
強い魔物になればなるほど偽装魔法などを見破る力も上がるので、簡単な魔導具で展開できるような偽探知結界には引っかかってくれなくなるのだ。

しかし、この特徴は今回は問題にならない。
ルリイが作る偽探知結界であれば先程の象くらいの魔物は防げるし、もしそれで防げないレベルの魔物が魔力災害から現れているとしたら、すぐさま動く必要があるからだ。
ここで食事を取っておくべきだという判断は、あくまで魔力災害が一度強くなった後、その状態で安定しているならの話だからな。

「ちゃんと止まって焼けます！」

イリスはそう言いながら、バルドラ・キャトルの肉を焼き始める。
肉屋のディルギアお墨付きだけあってバルドラ・キャトルは非常に美味《うま》かったので、期待が高まっているのだ。

ここに来る途中で焼いていたものは、焦げたり生焼けだったりしたからな。
一応、ルリイの魔導具で焼いた時には安定した火力があったのだが、全体をちゃんと焼けるほどの火力はなかった。

何より致命的だったのは、魔物を切らずにそのまま丸焼きにしていたことだろう。
あの方法で魔物1匹を丸々焼こうと思えば、本来は半日とか1日かかってもおかしくないところだ。

「こんな感じでいいですか？」

「ああ。いい感じだ」

結界を展開したルリイは、先程の象の魔物の魔石を使って、調理用の炎系魔導具を動かし始めた。

だいぶ格が上がった魔物だけあって、火力も十分だ。


俺はその様子を見ながら、バルドラ・キャトルを切り分けていく。

ちなみに肉を切るには、『理外の剣』が最適だ。

この剣は魔物などが相手なら、骨だろうと身だろうと全く力を入れずに切れるからな。


「……ボクはどうしよう？」

早速肉を焼き始めたイリスを見ながら、アルマがそう尋ねる。

アルマが調理……特に火を扱うような場面に参加すると、なにかと爆発事故などが起こることが多いので、調理中は近付かないことになっている。

特に今のようなタイミングで爆発が起こって、偽探知結界が解けてしまうと大変だからな。

「アルマは周囲を警戒していてくれ」

「了解！」

そう言ってアルマは、加熱用魔導具から離れ始めた。

アルマが料理で爆発を起こすのは、そのうち何とかしたいと思っているのだが……今ある魔法計器では原因を特定できなかったので、もう少し時間がかかりそうだ。

まあ、非加熱の料理でもアルマは危険物（イリスでさえお腹《なか》を壊した）を作りだしたことがあるので、爆発を防げてもまだ問題解決とはいかないのかもしれないが。

などと考えているうちに、バルドラ・キャトルが焼き上がり始めた。

「焼けました！」

「……いい感じだな」

ちなみに宿の食事でもバルドラ・キャトルが出てきたので、俺たちもその美味さは知っている。

魔物肉にもかかわらず筋やくさみが全くなく、非常に脂が乗っているのにしつこくない……不思議な感じの肉だった。

牛系の魔物肉には美味いものが多いが、その中でも別格な味だ。

イリスが焼いた肉は見た目がヤバそうだったが、今回のバルドラ・キャトルは、見た目も宿で食べたものとそう変わらない。

今回のバルドラ・キャトルにも期待できそうだ。

そう考えつつ、俺たちはバルドラ・キャトルを口に入れた。

「……美味いな」

「美味しいです！」

やはりバルドラ・キャトルは、かなり美味かった。

塩を振って焼いただけの雑な調理でも、悪くない味を発揮してくれる。

だが……。

「でも、街で食べたのとは、ちょっと違いますね……あっちのほうが美味しかったです！」

「やっぱり、料理人さんの技なんでしょうか……？」

肉を食べたイリスとルリイが、肉を見ながら首をかしげる。

宿で食べたバルドラ・キャトルも、今作っているのと見た目はそう変わらないシンプルなステーキだったが……何が違うのだろうか。

そう考えていると、アルマが口を開いた。

「いや……これは多分、肉の下処理の違いだと思う」

「そうなのか？」

アルマといえば、俺たちのパーティーの中でも最も料理が下手なメンバーだ。

下手というか爆発事故などの原因になるので、調理中のものにアルマが触れることは、基本的に禁止されている。

そんなアルマが、味の違いの理由を……？

「あっ、今ボクに料理なんて分からないって思ったでしょ」

「……思ってないぞ」

いつの間にアルマは、読心魔法を覚えたのだろうか。

いや、むしろ読心魔法より効果が高いかもしれない。

なにしろ読心魔法などの精神系魔法はどれも効果が不安定だったりデメリットが大きかったりして、まともに使えないものばかりなのだ。

こんな雑談の途中で自然に使えるような読心魔法があるなら、前世の俺はなにかと非常に楽ができただろう。

まあ、精神系魔法は多くの国で禁止されていたので、便利なら便利で使うかどうかの判断などに苦慮したかもしれないが。

「『ゴールドレール』がボクのお店だってこと、忘れてない？　作るのは料理人任せだけど、仕入れとかはちゃんと見てるんだよ」

……そういえばそうだったな。

『酒場ゴールドレール』は、俺が持っているヒルデスハイマー領にアルマが出店した酒場の名前だが……今では領地全体で10店舗近くにも及ぶ商会へと育っているのだ。

領地の中に知らない者はいないと言っていいくらいだし、最近では酒場ではなくレストランみたいな店も出している……という話だったような気がする。

『ゴールドレール』の評判の理由はいくつかあるが、最も大きいのは、やはり味のよさだろう。ルリイが作った魔導具などの影響が大きいと思っていたのだが、それだけではないのかもしれない。

「同じ魔物でも、そんなに違うのか？」

「うん。同じ魔物でも、仕入れるお肉屋さんによって全然味が違ったりするんだよ」

「……仕入れた冒険者の違いじゃないのか？」

魔物を狩った冒険者によって肉の味が違うということは、それなりに多い。

倒し方自体もそうだし、倒してからの血抜きや保存方法、そして街に帰るまでの時間などなど……味に影響を与える要素は沢山ある。

一概に『強い冒険者なら美味い』とも言えないのが、少し難しいところだ。

冒険者の中でも、特に魔物の味に重点を置くタイプの冒険者は『狩人』などと呼ばれていたりもするな。

「そう思うでしょ？　だからワザと同じ倒し方をした魔物をあちこちのお肉屋さんに回して、出てくるお肉のクオリティを調べたことがあったんだけど……お肉屋さんによって、全然味が違ったんだよ！」

俺の領地でそんなことをやっていたのか。

気が付かないうちに、領内でのアルマの影響力が段々と大きくなっているのかもしれない。

「そこまでしてたんだな……」

『ゴールドレール』の味の評判の裏には、こういった地道な努力があったのかもしれない。

手間をかけてそういった調査をした以上は、腕がいいと分かった店を仕入れに使っているのだろうしな。

「ボクが料理を頑張るのは、弓使いが剣の練習を頑張るようなもんだからね！　ボクは剣の練習をしないし、料理もやらない！」

「……なるほど、確かに合理的だな」

確かに、周囲に代わりにやってくれる人がいるのであれば、必ずしも自分で料理をする必要はない。

単独活動を主体にする冒険者の場合、『現地調達できたもので、最低限食えるものを作る能力』はそれなりに重要だが、パーティー前提なら問題ないだろう。

仕入れなどの管理に関しては、むしろ才能があるようだしな。

「しかし、元は同じ肉でも、けっこう違うものなんだな……」

俺は肉を食べながら、そう呟く。

確かに今日の肉は、宿で食べたものよりも旨味が足りない上に、少し筋張っている感じがする。

まあ、これでも現地調達した魔物肉としては非常に美味い部類なので、全く文句はないのだが……昨日の肉と比べると、違いを感じてしまうのも確かだ。

「あのムキムキのお肉屋さん、実はかなりの腕利《うでき》きなんじゃないかな……？」

「……そうだったのかもしれない」

宿の人によると、昨日の宿で出ていたのもディルギアの店から仕入れた肉だったという話だ。

ここまでの味の違いが出るのは、やはり彼の腕の影響が大きいのかもしれない。

「あのお肉、なんとかしてウチに仕入れたい……！」

「流石に、他国から肉を輸入するのは厳しいと思うぞ……」

前世の時代ならともかく、今の時代の遠距離輸送は非常に時間がかかる。

たとえいい肉を買ってきても、エイス王国に届く頃には悪くなってしまっているだろう。

「大きな保存用魔導具を乗せた、魔法自動馬車を作るのはどうですか？　お肉が凍る温度まで冷やせば、新鮮なまま運べるはず……」

「おお、それ面白《おもしろ》そう！　……お肉用の魔法自動馬車、今度作ってくれる？」

「領地で時間がある時があったら、作ってみます！　保存用の魔導具は、ゴールドレールで使っているものをベースにして……」

……あんなものを他国で走らせたら国際問題になるので、できればやめてほしいな。

まあ、ルリイが作るなら第二学園製よりは安全なものになりそうだが、他国の街道を走り回らせていいものだとは到底思えない。

などと考えつつ俺は食事の手を止めて、周囲の魔力を探っていた。

それも、普段行っているような、単純な受動探知によるものではない。

体内の魔力の動きを生命維持可能な最低限まで抑え、限界まで魔力感知能力を高めての魔力分析だ。


こういった魔法は、戦闘中に使うことはほとんどないし、その必要もない。

ここまでしなければ検知できないレベルの魔力では小石どころか砂粒一つ動かすことはできないので、気にしても意味がないからだ。


『理外の術』は効果の割に魔法的な痕跡が小さいが、それでも今までに見たものは戦いながらでも探知できる程度には魔力を歪《ゆが》めていたので、やはり戦闘が関わるような状況ではここまでする必要はないだろう。

そもそも戦闘中にこんな真似をしたら、自分の身すら守れない訳だしな。


ここで一度休憩を取った目的の一つは、この分析だったのだ。

そして……その判断は間違っていなかったようだ。

このあたりに存在する魔物の周囲には、ほんのわずか……ごくわずかだが、魔力の歪みがある。

魔法理論的に説明がつかない……とまで言い切るには小さすぎる歪みだが、一般的な魔物や、魔力災害産の魔物にはない歪みだ。


1匹1匹が持っている歪みはごく小さい。

それを持っているのが1匹だけだったら、なにかの間違いや偶然だと判断してもおかしくなかっただろう。

周囲を通りがかる魔物全《すべ》てが似たような歪みを持っているとなると、『理外の術』によるものだと考えて間違いない。


以前にも何度か、この方法での探知は行っていた。

今回初めて『理外の術』を発見できたのは、魔力災害の性質が変化したからだろう。

魔力に混じる『理外の術』の量が増えて、検知が可能になったというわけだ。


……とりあえず『理外の術』が関わっていることは分かったので、できれば安全なところからゆっくりと解析をしたいところだ。

しかし、今いる場所の魔物だと『理外の術』の量が少なすぎて、ちゃんとした効果などは調べようがないかもしれない。

何らかの効果を持つ量の『理外の術』ならともかく、ここの魔物たちに含まれるものはただの痕跡という感じだしな。

第六章

「……そろそろ行くか」

イリスが最後の肉を食べ終わったのを見て、俺《おれ》はそう告げる。

ワルドアでの戦いがどれだけ続くかは分からないが、かなりいいタイミングで食料補給ができた。

「……もう1回、バルドラ・キャトルの群れが来ないでしょうか……？」

「残念ながら、あまり期待しないほうがいいと思うぞ」

俺は周囲の魔力を確認しながら、そう告げる。

ここしばらくの間、受動探知で確認できる魔物は、人間が食べられるようなものではなかった。

人間が食べられない魔物ということは、人間の姿のイリスにとっても、あまり美味《おい》しい魔物ではないということだ。

「偽探知結界、解除しますね」

「ああ。頼んだ」

俺はそう言って、前へと進み始める。

魔物の質が上がった代わりに、数自体は減ったので、しばらくは楽に進めそうだな。

◇

それからしばらく後。

俺たちは地図に従って、ワルドアから1時間ほどの所まで来ていた。

「だいぶ、魔物が増えてきたね……」

「ああ。魔力災害が近い証拠だな」

俺は『理外の剣』で魔物を斬《き》り捨てながら、アルマの言葉にそう答える。

魔物は遠くに行くにつれて散らばっていくので、魔力災害の起きた場所に近付くほど、魔物の密度は上がってくるのだ。


「あの魔物、届かないです！」


遠くから走ってくる魔物を見て、イリスがそう告げる。

魔力災害の変化によって、襲ってくる魔物もだいぶ強くなっている。

そのため、イリスは今までのように適当に吹き飛ばすというわけにもいかず、討伐のペースが落ちているのだ。


俺もカバーに回っているが、魔力を節約しながらの戦いとなると、討伐ペースには限界がある。

敵は一撃で倒せるレベルではあるが、体が大きい魔物の場合、どうしてもその一撃にかかる時間が伸びてしまうからな。

魔物が増えた結果、イリスの討ち漏《も》らしも増えているので、俺のほうも手一杯だ。

「アルマ、頼んだ」

「了解！」

そう言ってアルマが、走ってきたサイの魔物に矢を放った。
『有線誘導エンチャント』によって曲がりながら飛んだ矢は、魔物の額に突き刺さる。
魔物は、声すら出せずに絶命した。

アルマが今使っているのは、シンプルな鉄の矢だ。
長く貫通力のある矢になってはいるが、特に魔法的効果などは付与されていない。
収納魔法に入っている魔石も有限なので、必要のない場面では使わないというわけだ。

「……この魔力災害、いつまで続くんでしょうか……？」

「普通の魔力災害はずっと続くようなものじゃないが、『理外の術』絡みだとすると……いつまで続くかは読めないいな」

俺は魔物を倒しながら、そう答える。

原因となっている『理外の術』があるなら、壊星と同じく宇宙に飛ばしてしまえば解決しそうだが……あんなに巨大で重いものを宇宙に打ち上げられたのは、『壊星』を利用して前世の力を利用できたからだ。

俺自身の力は、当時よりもだいぶ上がっているが……安定した場所で準備ができるならともかく、魔力災害を生み出し続ける塊をその場で打ち上げるとなると、なかなか苦労しそうだ。

先程から持久戦を意識した行動を続けているのは、そのあたりも理由だったりする。

魔力災害の場所にたどり着くまではなんとかなったとしても、そこからが大変な可能性もあるのだ。

などと考えながら、俺たちは魔物を倒して進んでいたのだが……突然、魔物がぱったりと途絶えた。

「……あれ？　いなくなりました……」

「来ないですね……」

「……魔力災害が終わったんでしょうか？」

そう言ってイリス達3人が、あたりを見回す。

だが……魔力反応を見る限り、ここから前方にはしばらく、魔物が1匹もいない。

本当に、魔力災害が終わった可能性もあるな。

「……どうしよう？」

「もし魔力災害が終わっているとしても、原因や終わった経緯は調べる必要がある。……このまま進もう」

「了解！」

俺たちはそう会話を交わしながら、そのまま進み続ける。

魔物の襲撃がなくなったので、ペースを上げやすくなった。

だが……ワルドアが近付くにつれて、状況が分かってきた。

地図にあったワルドアの街から10キロほど離れた場所を中心に、異常な量の魔力が吹き荒れているのだ。

あれだけの量の魔力を発するような魔力災害で、魔物が生まれていないとは考えにくい。

「……魔力災害、終わってなさそうな感じだな」

「でも、魔物は全然見かけませんけど……何があったんでしょうか？」

「普通の魔物が出てこなくなった代わりに、すっごい化け物が1匹だけ出てきたりとか……？」

アルマが言うような可能性は、真っ先に思い浮かぶ。

だが、そういった巨大な魔物の生成は、こういった魔力の散らばり方では起きない。

魔力災害が起こっている場所では今も、数多くの魔物が生まれているはずだ。

少なくとも、俺が知っている魔力・魔素理論が正しいとしたら、ああいった魔力から協力な魔物が1匹だけ生まれるようなことはない。

『理外の術』が関《かか》わっている以上、そういった魔法学の理論を100％信用するという訳にもいかないが……魔力災害は魔力災害なので、ある程度は信用できるだろう。

「……可能性はゼロじゃないが、弱い魔物が沢山生まれている可能性は低いと思う」

「じゃあ、どうして魔物が来ないんでしょうか？」

「魔物がこちらに向かうのをやめたか……生まれた魔物が、その場で全滅しているかだな」

どちらも可能性としては考えられるが、理由が気になるところだな。

魔力災害に二度目の変化が起こって、魔物が別の方向に走るようになったとかだろうか。

「……まさか誰《だれ》かが、魔物を全部倒してるとか……」

「もしかして、ギルアスがいたりして？」

「ギルアス１人じゃ、あれを倒し切るのは無理だと思うぞ……」

魔物の数や密度を考えると、魔力災害の現地で生まれた魔物を倒し切るのは簡単ではないはずだ。

もし単独でそんなことが可能な人間がいるとしたら、今の俺より魔法出力は上だろうな。

前世の時代の人間が『壊星』か何かで復活したとかなら可能性はあるが、今の時代の人間にはいない可能性が高いかもしれない。


そう話しつつも、俺たちは魔力災害の場所へとさらに近付いていく。

もう魔法戦闘師や魔族がいれば十分探知が可能な距離まで来ているが、人間らしき魔力反応はないな。


などと考えていると……こちらに向かって、3つの魔力反応が近付いてくるのが分かった。

魔物の魔力反応……それも、魔物がいなくなる前に倒していたのと同じようなものだ。

だが、1匹だけ、少し違う魔力反応がある。


「……手負いみたいだな」

その魔力反応は以前に見たものよりわずかに小さく、そしてバランスに欠けていた。

手負いの魔物は、こういった魔力反応を示す事が多い。
移動速度も、ほかの2匹より少し遅いようだ。

「やっぱり、誰かが……」

「その可能性が出てきたな……」

3つの魔力反応のうち2つ……手負いの1匹以外は俺たちの移動経路を外れているので、無視しても問題ないだろう。
手負いの1匹も、回避しようと思えば回避できるが……魔物が手負いとなっている理由は、状況を知る大きなヒントになる。

「あの魔物は俺に任せてくれ」

俺はそう言いながら、イリスの前に出る。
すると、背中に火傷を負った魔物が、こちらに向かってきた。

「……魔法火傷っぽい感じだが……」

自然火災による火傷と魔法による火傷は、割と簡単に見分けがつく。

何かが燃えて発生する炎の場合、表面に微量のすすなどがつく場合が多いのだが……魔法による炎は何もないところから生まれるので、付着物などが少ないのだ。

特に自然火災の場合は、乾燥していない木などといったすすの出やすいものが燃えている場合が多いため、魔力探知ができない人間でも見分けがつきやすい。

その見分け方からすると、この魔物の負っている火傷は、魔法によるものだ。

しかし……俺の受動探知は、全く逆の結論を示していた。

魔法火傷には、当然ながらその炎を生み出した魔力の痕跡が残る。

だが魔物の火傷からは、魔力の痕跡が一切《いっさい》感じられなかったのだ。

もちろん、魔物自体が発する魔力はあるのだが……魔物とは違う、人間などの魔力が混ざっていないのだ。

「やっぱり、魔法じゃないな。傷口に魔力が全くない」

俺は剣で魔物を斬りながら魔力分析魔法を発動し、そこに炎魔法の魔力が全く残っていないことを確認する。

効率のいい魔法の場合、残存魔力が少なくなることはあるが……完全にゼロというのは、流石にあり得ない。

つまりこれは、魔法のように無から炎を生み出す、魔法ではない何かで作られた火傷だということだ。

「魔法っぽいけど魔法じゃないってことは……『理外の術』？」

「ああ。魔物が急にいなくなったのは、多分そのせいだな」

炎を生み出す『理外の術』というのは、初めて見たな。

魔力を生み出す『理外の術』を使って炎を生み出すことはできるだろうが、そういったものの場合、火傷には魔力が残るはずだ。

いずれにしろ、魔物が減ってくれるという意味では助かるが……気にする必要がある『理外の術』が、また増えてしまった。

「『理外の術』同士で喧嘩《けんか》してくれるのは、ちょっとラッキーな気もするね」

「ああ。今のところはラッキーだと考えていいが……一応は警戒してくれ。魔物を焼いている『理外の術』も、味方だとは限らないからな」

そう言いながらも俺は、魔力災害の起こっている場所に向かって走り続ける。

このペースなら、あと5分ほどで到着できそうだ。

「ワタシが先頭じゃなくて大丈夫ですか？」

「戦闘が始まるまでは、俺が前のほうがよさそうだな。……俺の指示があったら、すぐに動けるように準備しておいてくれ」

『理外の術』が絡《から》む戦闘において、最も警戒が必要なのは、魔法的に探知できない不意打ちだ。

あの魔物を焼いた炎のように、魔力を一切持たない炎は、探知が極めて難しい。

魔力の歪《ゆが》みから事前に確認できなければ、不意打ちを受けてもおかしくないのだ。

そして、イリスの防御力も、『理外の術』が相手では絶対とは言えない。

俺が持つ『理外の剣』などが相手の場合、イリスも人間も大して硬さの差はないのだ。

あそこにある『理外の術』が炎を生み出すものだけであれば、イリスは非常に高い耐性を持っているのだが。


などと考えていると、遠くから沢山の魔力反応がこちらに向かってくるのが見えた。


「敵の群れが来るぞ！　気をつけてくれ！」

「……手伝ってくれてた『理外の術』、なくなっちゃったのかな？」

「バルドラ・キャトルがいいです！」


そう言いながら、アルマ達3人も戦闘の準備を始める。

そして俺達は、魔物の群れと激突した。

「ここはワタシが前ですね！」

そう言ってイリスが前に出て、槍を振り回し始める。

今のところは普通の魔物が相手なので、イリスが前衛で問題ないだろう。

大量の敵が押し寄せる状況の中では、イリスが力任せに敵を間引いてくれるのは頼もしいしな。

イリスの討ち漏らしは、俺が斬り捨てていく。

今は魔力がどうとか言っている場合ではないので、使うのは普通の剣だ。

『理外の剣』は自分の強化魔法なども無効化してしまうせいで、ちゃんと魔力を使って戦うよりは遅いからな。

「ルリイ、普通の矢で大丈夫！」

「分かりました！」

アルマは敵の中で、矢で倒しやすい魔物を優先的に倒していく。

矢が特に優位を発揮するのは、飛行型の魔物などを始めとした、素早さで戦うタイプの魔物だ。

剣などを当てるのは大変だが、攻撃が当たってしまいさえすれば倒しやすいので、矢で倒してもらうのが一番効率的なのだ。

「ぶつけるやつ、慣れてきました！」

イリスは槍を振り回しながら、嬉《うれ》しそうに叫んだ。

ぶつけるやつというのは、やりで吹き飛ばした魔物を他の魔物にぶつけ、連鎖的に吹き飛ばしていく戦術のことだ。

今のように大型の魔物が相手の場合、凄《すさ》まじいパワーをしっかりと魔物に伝える必要があるのだが……どうやらうまくいっているらしい。

「いい感じだな。これなら進めそうだ！」

そう言いながら俺は、ルリイとアルマのほうに向かおうとする魔物を倒す。

もうそろそろ、魔力災害の発生地点にたどり着くはずだ。

などと考えていると……俺達のいる場所から50メートルほど先の魔力が、突然歪んだ。

明らかに、魔法理論では説明のつかない歪みだ。

「止まってくれ！」

「了解！」

「わわっ！」

俺の言葉を聞いて、アルマ達３人が慌てて立ち止まる。
次の瞬間、魔力が歪んだ場所が炎に包まれた。

「これが、さっきまで魔物がいなかった理由か……」

俺はそう言って、炎を観察する。
炎は今も燃え続け、俺達を魔物から守っている。
まあ、俺達自身もあそこに入れば燃やされてしまうのだろうが。

炎自体の威力は、前世の時代の魔法戦闘師であれば普通に出せるレベルだ。

今の時代にこれができる人間は、俺含めいない気がするが……出力密度はそう高くないので、結界魔法などを使えば、防ぐのはそんなに難しくないな。

生み出された理由が『理外の術』だとしても、炎は炎というわけだ。


「どうしよう？」

「少し後退して様子を見よう。急に炎がこっちに来たら危ないからな」


そう言って俺達は、少し後退する。

それと同時に、俺は周囲の魔力を探るが……やはり人間らしい魔力反応は見当たらない。

ミロクのような『理外の術を扱う人間』があの炎を出している可能性も考えたのだが……やはり、ここにいる人間は俺達だけのようだな。


一応、防御魔法を使いながら炎に突っ込むという選択肢もありそうだ。

とはいえ、防御魔法による魔力消費や、突然炎が強くなるリスクもあるので、あまり積極的に選びたい選択肢ではない。

それなりに安全で、効率のいい方法となると……。

「炎が途切れたら突撃する。何かあったら防御魔法を使うから、俺の後ろからあまり離れないでくれ。……それと、炎がなくなっても熱は残っている場合があるから、耐熱魔法を使う」

「了解！」

「分かりました！」

俺達はそう会話を交わしながら、炎が収まるのを待つ。

すると……数分間も経《た》って、ようやく炎が収まった。

「行くぞ！」

俺はそう言って、炎があった場所に突っ込む。

だが……その途中で、俺は自分の目を疑った。

魔力災害が起こった場所は元々、町外れの森の中だ。

しかし炎によって木々が焼き払われ、見通しが良くなっている。

その中に……人間のような姿が見えたのだ。

それも、見える範囲だけで5人ほどいる。

「あそこ、人がいるよ⁉」

「ニンゲンがいます！」

アルマとイリスがそちらを見て、驚きの声を上げる。

しかし……俺にはそれが、人間だとは思えなかった。

「あの人たち……魔力がありません」

「ああ。……少なくとも、俺達が知っている人間とは別の何かだな」

魔力の量というものは、人によって個人差がある。

生まれつきの差もあるし、魔法的な訓練によってつく差もある。


だが……全く魔力がない人間となると話は別だ。

人間の生命維持システムの多くは魔力を媒介にして動いているため、魔力がない人間は生命を維持することすらできない。


例えば、人間が呼吸をする必要があるのは、空気中にある元素の一つ……専門的には、酸素と呼ばれる物質を取り込むためだ。

血液の中には『酸素運搬魔素』と呼ばれる、酸素と結合しやすい微小な魔法物質が含まれていて、それによって全身に酸素が送り届けられている。

魔力がない人間は、体内で『魔力運搬酸素』を作ることができないため、呼吸ができずに死んでしまうのだ。


一応、魔力の極めて少ない特殊な環境に育つ生き物の中には、魔力なしで酸素を運搬する力を持ったものがいるが……ほとんどの生物は、生命維持に魔力が必要だと考えるべきだろう。

魔力の少ない環境の生き物たちも、俺の前世の時代ですら絶滅危惧種みたいな感じだったので、今はすでに絶滅しているかもしれない。

しかも、それらは全《すべ》て1ミリにも満たない大きさの生き物ばかりで、人間のようなサイズのものは存在しなかったはずだ。

というわけで、あのような大きさの生物が、魔力なしに存在できるとは思えない。

少なくとも、この星の生物をベースに進化した生き物ではあり得ないだろう。

しかし、目の前にいる人々（そう呼んでいいのかは分からないが）の見た目は、あまりにも人間に似ていた。

手の甲に紋章は見当たらないが、それ以外は全く変わらないと言ってもいいのではないだろうか。

『理外の術』を使って、人間に似せて作られた、疑似生物という可能性もあるな。

「気をつけてくれ。敵が俺達を油断させるために、わざと人間に似せて作られた生き物の可能性もある」

「分かった！」

「つまり……ニンゲンの偽物ってことですか？」

「ああ。まだ分からないが、警戒するに越したことはない」

そう言って俺は、人間の姿をした何かの様子を見る。

彼らは彼らで、俺達のほうを見て、何やら顔を見合わせて話しているようだ。

「ハマメルイピケユォ！　フミリェヤミ？」

「ニミピ！　ニミピ！」

「ホネラ？　ミヤガォミポ！」

……彼らが話している言葉は、俺が知っているどの言語とも違うようだ。

しかし、でたらめを並べているようにも見えない。

独自の言語まで持っているあたり、偽物の生物ではないかもしれない。

魔力こそ持っていないようだが……その動きなどはかなり自然で、本物の生物らしく見える。

などと考えている途中で……俺は魔力災害のほうから、沢山の魔物の魔力反応が向かってくるのに気付いた。

俺達が見知らぬ生物を気にしているからと言って、魔物は待ってくれないというわけだ。

「……一旦《いったん》距離を取って、魔物の迎撃に専念しよう！」

俺はそう言って、後ろに下がろうとする。

彼らが敵だとは限らないが、大きな不確定要素のある場所で魔物と戦うのは、あまり得策とは言えない。

あの謎《なぞ》の人間らしき生き物のことを考えるのは、また後にすべきだろう。

「あの人たちはどうする⁉」

「生きてあそこにたどり着いてるってことは、自分の身くらいは守れるはずだ！」

彼らは警戒すべき相手ではあるが、敵だとは限らない。

例の炎がもし彼らによるものだとしたら、むしろ魔物を焼き払って、俺達を手伝ってくれたとも言える。

とはいえ、彼らを味方とみなして守るべきかというと……それは流石に危険すぎるし、その必要があるかも微妙なところだろう。

「オイエヤミ！」

「ニミピ！」

「ハニャエャォポ！」

「ニミピ！」

彼らも魔物を見て、何かを話す。

そして……その中の1人が、魔物に両手を向けた。

その手の先から、魔力の歪みが広がっていく。
どう見てもこれは、『理外の術』だ。

そして10秒ほど経った頃……魔力の歪んだ場所が、急激に燃え上がった。
先程見た炎と似たような感じの炎だ。
吹き上がった炎が、魔物を焼き払っていく。

とりあえず俺達を巻き込む気はなさそうだな。
油断させる作戦の可能性もゼロではなさそうだが、可能性はあまり高くないかもしれない。
というのも、魔力探知に引っかからないのであれば、存在に気付かれてから油断させるより不意打ちを仕掛けたほうがずっと効率的だからだ。

そう考えていると、その中の1人……背の低い女性が、こちらに向けて口を開いた。

『聞きとれますか?』

今度は、俺にも聞き取れる言葉だ。

しかし……これは今の時代の大陸共通語ではない。
俺の前世の時代にあった、ミナビアという国の言語だな。

『聞き取れるぞ』

『ああ、よかった。この星の人にも、会話が通じるんですね』

『……まるで、違う星から来たみたいな言い方だな』

俺《おれ》は距離を取ったまま、彼女にそう告げる。

どうやら会話は通じるようだ。

『お祭しの通り、我々は違う星から来ました。……もっとも、我々の故郷の星は私が生まれる前に滅びたので、私はその星を知りませんが』

『……なるほど。この魔力災害は、お前たちがここにいる理由と関係があるのか？』

『魔力災害？　それはなんですか？』

彼女たちは魔力災害を知らないのか。

やはり、魔力がない人間たちというだけのことはあるな。

この人間の姿をした生物が嘘《うそ》をついていないとしたら、恐らく彼女たちは魔力の存在しない……魔力の代わりに『理外の術』が存在する星か何かから来たのかもしれない。

そう考えると、彼女たちが一切《いっさい》魔力を持っていないのも、『理外の術』を使えるのも、説明がつく。

俺からは、魔力を持たず『理外の術』を使う彼女たちが特異な存在に見えるが……向こうからも俺達が、『理外の術』を持たず、魔法などという見知らぬ力を使う不思議な存在に見えているのかもしれない。

「マティくん、あの人たちの言葉が分かるんですか？」

「ああ。本で読んだことがある言語だ。……発音は怪しいが、一応通じているみたいだな」

ミナビア語で話しているため、アルマ達には会話の内容が分からないようだ。
できれば、全員に伝わる言葉で話してみたいところだな。
『大陸共通語は話せないのか？』
『ちょっと待ってください。話せると思う』
そう言って彼女は、一瞬だけ考え込む。
そして、違う言語で告げた。
『これでいいミ？』
『……それは、随分と古い大陸共通語だな……』
彼女が話したのは、俺の前世の時代、ピギア大陸という場所で使われていた共通語だ。
俺の前世の時代では比較的新しい、人工的に作られた言語だ。

共通言語として人工的に作られただけあって、非常に規則性がしっかりしていて、覚えやすい言語だったのだが……今の世界で使われているところは見たことがないな。

しかし、語尾が少し気になる。

俺がいた時代には、『いいミ？』などという話し方はなかったはずだ。

そして、昔の世界でそのような言葉が使われていたとも聞いたことがない。

そう考えると、彼女らが学んだ大陸共通語は、前世の俺がいた時代より後のものだということになる。

言葉は時代とともに変化するものなので、後の時代で『いいミ？』という言葉遣いが流行り、それが定着したとかだろう。

だが、この言葉ではルリイ達が聞き取れないことには変わりがない。

『どんな言葉を使えばいいですか？　挨拶《あいさつ》をしてくれれば、それに近い言語を探します』

「こんにちは」

俺は彼女に向けて、大陸共通語の最も基本的な挨拶をする。

すると……彼女は納得したように頷《うなず》き、口を開いた。

「これで宜《よろ》しいか？」

……言葉遣いは少し古い感じだが、ちゃんとした大陸共通語だな。

これで意思疎通の問題は解決しそうだ。

「おお、ボク達にも聞き取れるよ！」

「私達の言葉も分かるでしょうか……？」

「うむ、聞き取れますぞ」

どうやら意思疎通は成立したようだな。

微妙に言葉遣いが不自然なところがあるのは、勉強した大陸共通語が古いものだったか、エイス王国とは違うものだったせいだろう。

前世の時代に、俺も似たような理由で変な言葉を使っていたことがあったので、そのあたりの気持ちは分かる。

「すまぬ、そろそろ限界である！」

会話の途中で、炎を放っていた男が、そう告げた。
先程までの会話を聞いていたのか、大陸共通語だ。

「我々は全員、力を使い切り申した！　マホウで、あの怪物どもを止められませぬか？」

「全部は無理だな」

俺は彼女らにそう告げる。
まあ、一時的にであれば魔力災害の魔物を全滅させることもできるかもしれないが……魔力や体力の消耗が激しいので、それはしたくない。
力を使い切ったところを、背後から一撃する作戦の可能性もあるしな。

とはいえ、今のところこの『理外の術』使いたちが、魔物を止めようとしていることに間違いはない。

そして、彼女らが俺達より前からここにいたということは、魔力災害についても情報を持っている可能性がある。

そう考えると、信用できるかは一旦《いったん》置いておいて、情報交換をしたいところだ。

もちろん、このまままっすぐ進めば魔力災害のもとにたどり着けるので、そこも調べたいところだ。

だが、『理外の術』を使う不確定要素を背後に抱えたまま、敵が最も多い場所に突っ込むわけにもいかない。

いずれにせよ、彼女らとの関係性ははっきりさせておく必要があるのだ。

場合によっては戦闘になるかもしれないが、そのためにも、彼らが敵かどうかはしっかり判断したい。

「一旦ここから離れて、魔物が少ない場所に移動しないか？　情報を交換したい」

「申し訳ない。我々はここから離れる訳にはいかぬ」

「……何かあるのか？」

「原因に関《かか》わりし者の責務だ。この災いを食い止めねば、罪なき現地民を死に追いやることになる」

現地民……彼女たちの立場からすると、この星の人間のことだよな？

この魔力災害の原因に関わっているというのに、それを止めようとしているということは……魔力災害を起こしたのは、彼女たちの意思には関係がなかったということだろうか。

しかし、本当に魔物を全《すべ》て焼き払おうと思っているのだとしたら、こんな中途半端《ちゅうとはんぱ》な場所ではなく、もっと魔力災害の大元となっている場所でやったほうがいい気もする。

あまり信用には値しないかもしれないが……いずれにしろ会話が通じる相手なのだから、聞けることは聞いておきたい。

「住民はすでに避難を完了している！　一時的に離れても大丈夫だ！」

「本当であるか？」

「……ミョル隊長、どういたす？」

ミョル隊長と呼ばれたのは、俺と最初に話していた女性だ。

まあ、この星の基準では『人間』と呼べるかも分からない生物に、女性という表現が正しいのかは分からないが。

「現地民の彼らが言うのだから、信用すべきであろう。情報の提供も、我々の責務だ」

そう言ってミョル隊長は、俺達のほうに走り寄ろうとする。

俺達はそれを見て、距離を保つように後ろに下がりながら告げる。

「悪いが、距離は保ってくれ。お互いの安全のためだ」

「了解した。状況を考えるに、信用されぬのは当然だ。……我々が前のほうがいいか？」

「いや、距離を取って並走しよう」

「了解した」

信用できない相手との移動の場合、後ろから攻撃を撃ち込まれるのを避けつつ、相手が怪しい動きをすれば先制攻撃を仕掛ける必要がある。

そのため、相手が許すなら、相手の後ろに位置取ったほうがいい……というのは、相手が使う魔法などについての探知能力に自信がある場合の話だ。

探知能力が十分とはいえない場合、相手の後を追うのはむしろ、罠《わな》にかけられてしまう可能性が高くなる。

相手の後を追いかけるというのは、常に相手に先回りを許し続けるという意味でもあるからだ。

魔力の歪《ゆが》みである程度の探知ができるとはいえ、魔法に比べて格段に探知しにくい『理外の術』が相手では、最大限の警戒をしておくに越したことはない。

ちなみに、もし戦闘になったときに、こちらが一方的に不利な状況かというと……そういう訳でもない。

確かにあの炎は現代の魔法戦闘師では再現不可能なレベルのものだったが、イリスの『竜の息吹』などに比べれば威力としては低い。

そして何より……俺達が『理外の術』を直接的に探知できないのと同じように、彼女らも魔法を直接的に探知できない可能性が高いのだ。

先程の会話の途中、俺はわざと自分から2メートルほど離れた場所に魔力を集めていた。

だが彼女らは、最後までそれを気にする様子を一切見せなかったのだ。

あえて気付かないふりをした可能性もゼロとは言えないが……先程の移動の途中、俺の魔力が残った場所も構わず走っていたので、恐らく本当に気付いていないのだろう。

もし俺がその魔力を罠として使っていたら、彼女らはかなり危険な状況に陥《おちい》っただろうからな。

「アルマ、追いついてきそうな魔物は倒してくれ」

「了解！」

俺達は魔物と同じ方向に向かって走っているので、速度で負けない限りは追いつかれることもない。

このペースなら、特に脚が速い魔物以外はなんとかなるだろう。

遠くに行くにつれて魔物たちは散らばっていくため、ある程度魔物の密度が下がったところで、来る魔物を倒しながら話せばいい。

偽探知結界を使うという手もあるが、あれは効果範囲を広くするのが難しいので、距離を取っての会話には向かないからな。

そう考えつつ走っていると……彼女らが少しずつ、俺達から遅れているのに気付いた。

彼女らは魔法的に極めて存在感が薄いため、普段のように『受動探知』で周囲の人々の位置関係を探っていると、見失ってしまう可能性がある。

魔力の歪みはちゃんと存在しているのだが……ああいった歪みは、距離を取っていると分かりにくいからな。

「すまぬ、君たちのペースにはついていけないようだ」

どうやら彼女たちは、俺達より走るのが遅いようだ。

演技や手抜きというより、本気で走ってもついてこれてないような感じがする。

「『理外の術』を使って、走るのを速くできないのか？」

「……『理外の術』とは何であるか？」

「お前たちが使っている力を、俺達はそう呼ぶんだが……何か別の呼び方があるのか？」

「ああ、先程の炎の力とかのことであるか。ええと、この言語で言うと……『法力』とでも呼ぶべきであろうか」

法力か。

それが正確な呼び名と言えるのかは分からないが、呼び名がつくのは分かりやすくていいな。

「それで……法力は、走るのには使えないのか？」

「残念ながら、法力はそういうものにあらざる。……マリョクは走るのにも使えるのか？」

「ああ。脚力を強化して走ることもできるし、風で背中を押すようにして加速することもできる」

「便利なものだな。……我々の法力はそんな使い方はできぬ。ただ壊し、殺すための力だ」

……このあたりの情報は、割と本当っぽい気がするな。

今までに『理外の術』を見た感じだと、確かに『理外の術』は魔法のように小回りが効かず、大技を放つのに向いた特徴があるように感じる。

まあ汎用性という意味では、魔法が便利すぎるだけのような気がするが。

しかし、『理外の術』が魔法より不便だという話には、少し疑問の余地がある。

というのも、『理外の術』の中には、魔力を生み出すものもあったからだ。

今回の魔力災害の元凶は、まさにその『理外の術』のはずだからな。

「法力には、魔力を生み出す力もあるはずだ。……その力を使えば、魔法と同じことができるんじゃないか？」

「マリョクを生み出す力……そんなもの、あったか？」

俺の言葉を聞いて、彼女たちは困惑したように顔を見合わせた。

そして、首を横に振る。

「分からぬ。我々にはマリョクが見えないからな」

「……もしかすれば、『侵略する者たち』が使ったものかもしれぬ。連中は現地民を利用する計画を研究していたはずだ」

「そうかもしれぬな。……侵略に現地民を使うとは、卑劣な連中よの」

『侵略する者たち』……新しい単語が出てきたな。

現地民を利用してこの星を侵略するとなると、真っ先に思い浮かぶのはミロクだな。

前世の俺がいなくなった後、魔素融合炉暴走の元凶を作った奴《やつ》も、そういった感じだったような気もする。

「『侵略する者たち』は、お前たちの敵なのか？」

「ああ。我々は連中を止めるためにここに来た」

……なるほど、話が少し分かってきた気がする。

宇宙の魔物……熾星霊《しせいれい》同士の争いというわけか。

今までの話が正しいとすれば、今俺達と話している『人の姿をした何か』は、熾星霊の一種に分類される存在だ。

熾星霊というと、単独で極めて強大な力を持つ巨大な存在を思い浮かべてしまうが……こういった小型の熾星霊も、可能性としては存在する。

というか、俺達自身が他の熾星霊から見れば、そういった存在だろう。

俺達から見たら彼女らが『宇宙人』だが、彼女らから見たら俺達が『宇宙人』だからな。

そう考えると、熾星霊によって引き起こされた魔力災害を熾星霊が止めようとしているというのも、非常に分かりやすく納得できる。

俺達の星にいる人間たちだって、人間同士で争ったりするのは日常茶飯事だからな。

要するに、宇宙の魔物の中に『侵略賛成派』と『侵略反対派』みたいな者がいて、賛成派が魔力災害を起こしたということなのだろう。
そして、魔力災害を止めるために彼らが来た……と。

どうせなら俺達の星に変なものを落とす前に、自分達の中で方針をまとめてほしいものだが……まあ俺達も世界中で意思を統一しろなどと言われても無理なので、似たような事情が向こうにもあるのだろう。
などと考えつつ走るうちに、だいぶ魔力災害から離れることができた。
このあたりであれば、イリスだけでも襲ってくる魔物を排除できるだろう。

「このあたりで止まろう」

「了解いたした！」

そう言って俺達は、10メートルほどの間隔を空けて立ち止まった。
この距離であれば、不意打ちは成立しにくい。

「そいっ！」

俺達が止まるなり、魔物が追いつき始めた。

しかし、この場所くらいの魔物の数なら、イリス1人でも簡単に全滅させられるだろう。

熾星霊たちも、あの魔物の密集地帯で生き残っていた以上、やられたりはしないはずだ。

そう考えながら熾星霊たちを見ていると……その横を、魔物たちは素通りしていく。

ぶつからないように回避するので、存在自体には気付いているはずだが……攻撃しようという様子はない。

まるで大きな石ころかなにかが落ちているのを避《よ》けているような感じだ。

「あの人たち、魔物が攻撃しない……？」

「魔力災害を作った人たちだから、仲間だと思っているんでしょうか……？」

「……いや、魔力が全くないからだろうな。生物だと思われていない可能性がある」

多くの魔物は、生物を無差別に攻撃する。

人間などを見た時、それを無視する魔物はほとんどいないだろう。

しかし、魔物が世界にあるものを何でも攻撃するかといえば、そういう訳ではない。

そのへんに生えている木や石などを攻撃する魔物はいないし、同種の魔物同士で戦うような魔物はほとんどない。

かといって、人間や動物が顔を隠し、呼吸を止め、動きを止めて無生物のふりをしても、見逃されることはない。

逆に、染料などを使って魔物の色を変え、通常の動物に似せたとしても、その魔物が仲間に攻撃されたりはしない。

その理由が魔力だ。

魔物は魔力によって敵か味方か、生物か無生物かなどを見分けている。

そのため、魔力を全く持たない熾星霊は、魔物からしたら『動く石ころ』くらいの存在であり、生物とはみなされないのだ。

彼女らが何の危険もなくあそこにいられたのは、このあたりが理由だろう。

ちなみに魔物の中にも、他の魔物に味方として認識されず、攻撃を受けてしまうものがいる。

イリスを含むドラゴンは、その最たるものだな。

ドラゴンは魔物を主食とする場合が多いので、他の魔物にも『危険な敵』として扱われてしまうのだ。

「まず聞きたい。お前たちは、俺達の味方だと考えていいのか？」

「……君たちがこの星の者として、犯罪者などであらざれば、味方と考えてくれ」

「じゃあ味方だな。俺はこの世界にある2つの国の王から頼まれて、この魔力災害を止めに来た人間だ」

そう言って俺は、エイス王国とバルドラ王国の国王からもらった、推薦状や命令書を彼女らに見せる。

彼女らがこの国の王を知っているとは思えないが、国などの公式文書にはそれなりの様式がある。

書類を見れば、『なんとなく正式なものっぽい』といったイメージくらいは持ってもらえるだろう。

「国王から……君はこの星の有名人か何かであるか？」

「一応、伯爵ということになっている。貴族の1人だな」

「貴族であるか。……少数で斯様《かよう》な死地へ向かわされるとは、貴族も大変であるな。……2つもの国から頼まれてここにいるのであれば、私は君たちの味方だ。暫定的に、君たちをこの星の代表者と認めよう」

どうやら理由を勘違いしているようだが、この星の戦力に関してはまだ話さないほうがよさそうだな。

とりあえず、彼女たちを信用できないことには、色々と動き方に制約が生じてしまう。

というわけで……。

「契約魔法を結ばないか？」

「……契約魔法？　契約にマホウが必要なのか？」

「魔法を使って、契約を破ることを不可能にする魔法がある。破れば死ぬ。……そういった魔法を使えば、互いに信用できるだろう？」

これは半分ハッタリのようなものだ。

契約魔法というのは本当に存在する。

しかし……今の俺達の魔法能力では、実際に効果がある契約魔法を使うのは難しいだろう。

だが相手が魔法に詳しくないのであれば、本当は効果がない魔法であっても、本物の魔法と同じ効果を発揮する。

軽い罰程度ならともかく、契約を破れば死ぬ魔法を使った場合、『本当に死ぬのかどうか、試してみよう』とはならないだろうからな。

「……どのような契約を望む？」

「互いに敵対行為、裏切りを禁止する」

「いい条件だな。では、契約魔法とやらを頼む」

俺の言葉に、ミョル隊長が頷いた。

と、話がまとまりかけたところで、熾星霊の1人が声を上げた。

「隊長、マホウなどという得体のしれぬ技術を受けるのには反対である。あまりにも危険」

「同じく。法術であれば我らでも効果の分析が可能ですが、マホウとなると分析は不可能……契約魔法と偽って、致死性のマホウをかけられる危険を冒すわけにはいかぬ」

……当然の警戒だな。

俺も『理外の術』を使った契約を持ちかけられたら、同じ反応をするだろう。

契約のふりをして、どんな細工を仕込まれるか分かったものではないからな。

「我らはこの星においては異物だ。信用されぬのも当然だろう。……しかし、ここで一度危険を冒すだけで信用が得られるなら、安いものではないか？」

「であるが……」

「心配であるなら、私が先に契約魔法を受けよう。何をすればいい？」

どうやら、契約の意思に変化はなさそうだな。
そう判断した俺は、収納魔法から2枚の紙と羽ペンを取り出す。
その様子を見て、熾星霊の1人が驚きの声を上げた。

「何もないところから紙が……！」

「あれもマホウだろう。……『侵略する者たち』は現地民のマホウなど大したものではないと言っていたが、そうは思えぬな」

「戦闘に強いのは法力であろうが、生活に便利なのはマホウだな。……脳筋の『侵略する者たち』には分からぬか」

どうやら、収納魔法が珍しいようだ。
『理外の術』の中には、空間系のものだっていくらでもありそうだが……彼らが使う力とはまた別なのかもしれないな。

そう考えつつ俺は、紙に文章を書いていく。
ちなみに羽ペンに含まれているのは、砕いた魔石を材料にして作った赤いインクだ。
前世では、魔法染料などと呼ばれる事が多かったな。

魔法契約書

この契約に発効してから契約満了までの間、我々は以下の制約を受ける。

・互いに敵対することはできない
・裏切りを行うことはできない

契約を破った場合、破った者は、契約魔法による死の裁きを受ける。

以下の条件のいずれかが満たされた時、この契約は満了となる。

魔法契約書は2通を用意し、互いに1通ずつを保持する。

契約満了時、この契約書の下半分は燃えてなくなる。

・契約の終了について、互いに合意があった時
・片方が契約終了を告知し、それから1週間が経《た》った時
・この契約の開始から、1年が経った時

俺は文章を書き終わると、一番下にサインをした。

その後、自分の手の甲の紋章に重ねるように、星印を描く。

「私達もサインしたほうがいいですよね？」

「ああ。頼む。その後で、手の甲に星印を書いてくれ」

俺はそう言って紙を回し、ルリイ、アルマ、イリスにも紙を書いてもらった。

ちなみに、こういった信用できない相手との交渉の場合、俺以外はあまり話さないことになっている。

隠すべき情報などがある場合も多いので、どこまで話していいかを判断するためだ。

「アルマ、これを向こうまで飛ばしてくれ。……回収のために、有線誘導エンチャントは繋《つな》ぎっぱなしだ」

「了解！」

3人がサインをし終わると、アルマは2通の契約書と羽ペンを手にとって、有線誘導エンチャントを発動した。

有線誘導エンチャントによって矢はゆっくりと飛び、熾星霊たちの元へと届く。

それを見て、ミョル隊長が尋ねる。

「契約開始から1年で効果が切れると書かれているが……理由は何だ？」

「契約期間を永遠にした場合、忘れた頃に……どうでもいい理由で喧嘩《けんか》をしたような時に、『敵対行為』として認識されてしまう恐れがある。だから期間は忘れない程度の長さにしておくのがいいんだ」

前世の時代、契約魔法による事故はたまに起きていた。
事故を避けようとすると契約の抜け道ができたりするので、抜け道なく、事故もないという契約を作るには、色々と苦労をしたのだ。
まあ、魔法戦闘師の場合は契約魔法による制裁自体を無効化できてしまう場合が多かったので、魔法戦闘師にとってはあまり意味がなかったのだが。

「なるほど、納得がいった。……これに署名ののち、手の甲に星の形を記せばよいか？」

「ああ」

織星霊たちは俺達と同じように、順番にサインをしていく。
どうやら警戒していた者たちも、契約に参加してもらえるようだな。

緊張しているのか、表情は少し硬いように見えるが……サインを拒否する者まではいないようだ。

全員がサインを終えたのを確認して、アルマが契約書を回収する。

有線誘導エンチャントは主に矢などに使われるが、速度が遅くていいのなら紙にも使えるので、相手に近付かずに物を渡したりするのにも便利なのだ。

「読めないけど……これで大丈夫かな？」

「問題なさそうだ」

俺はそう言って、アルマから契約書を受け取る。

確かに署名は読めないが……恐らく、彼らの言語なのだろう。

「契約を発効する」

俺はそう言って、２通の契約書を触れ合わせた。

すると……光とともに、赤いインクが青く変わっていく。

これが、契約魔法が発動した証だ。

一方、手の甲にあった星印のほうは、消えてなくなった。

魔法染料に含まれていた魔力は、体内の魔力に溶け込んでしまったのだ。

「これで問題ない。近付いても大丈夫だ」

俺はそう言って、熾星霊たちのほうに歩いていく。

熾星霊たちも、契約の瞬間に異変が起きなかったせいか、安心した様子だ。

俺は契約書のうち1枚を、ミョル隊長に手渡す。

「星印がなくなったが……これで契約が完了したということであるか？」

「ああ。あのインクは俺達の血液に溶け込み、体内を巡っている。……もし契約を破れば、血液が急激に固まって死ぬことになる」

俺はそう言いながら、ミョル隊長たちの魔力反応を見る。

以前は全く魔力がなかったが……今は魔力染料に含まれていたわずかな魔力が、体内を巡っているようだ。

この星の人間ではない者に、果たして血液があるかどうかは微妙なところだったが……問題ないようだな。

「血液が急激に固まって……恐ろしいマホウもあるものだな」

「ああ。これで契約は破れない」

実のところ……この魔法の場合、実際に人が死ぬことはほとんどない。
この量の魔法染料で魔法を発動したところで、大して強い魔法は発動できないからだ。

そのため前世の時代の場合、この魔法は実際に互いが死ぬ契約というより、儀礼的な意味が強かった。
おそらく死なないとは分かっていても、契約書に『死ぬ』と書いてあれば試してみたくはなくなるので、心理的にも契約を破りにくくなる……などといった理由で使われていたのだ。
まあ、魔法染料を少し塗ったくらいで人を殺せるなら、契約魔法などよりずっと効果的な使い方があるはずなので、致死性が低いのは当然なのだが。

それでもこの魔法を選んだ理由は、ルリイやアルマが、彼らを魔力で探知できるようになるからというのが大きい。

『理外の術』を持った人間は、ただそこにいるだけで魂や魔力の歪《ゆが》みを生み出すが……魔力の状態が正常なのか歪んでいるのかを判断するには、それなりの魔法知識が必要だからな。

仲間として連携を取るとしても、受動探知で居場所を把握できるかどうかは重要なので、印をつけておきたかったのだ。

ちなみに魔物たちは相変わらず、ミョル隊長たちを人間としては認識していないようだな。

魔法染料は魔物からとれる魔石がもとなので、敵としては認識されないのだろう。

「では、あらためて頼もう。あの化け物たち……魔力災害と呼ぶのであったか？　アレを止めるのに手を貸してもらいたい」

「方法は決まってるのか？」

「……我々は元凶の石を空高く打ち上げ、宇宙まで送り返そうと試みた。……しかし何度か試したが、うまくいかなかった」

なるほど、宇宙への打ち上げか。

魔力災害を生む物質への対処としては、真っ先に思い浮かぶのがそれだな。

どうやら、失敗に終わってしまったようだが。

「具体的にはどう失敗したんだ？」

「我々の総力を挙げた法術で打ち上げたのであるが……数分でまた落ちてきてしまった」

数分で戻ってきた……もしや、そうなるように『理外の術』で仕組まれているのだろうか。

しかし、『理外の術』が相手なのだとしたら、彼らなら気付くような気もする。

「……打ち上げに使った法術は、継続的に効果を発揮するようなものか？」

「いや、とにかくものすごい勢いで、上に向かって打ち上げただけだ。その後のコントロールなどはしていない」

「それだと、普通に落ちてくると思うぞ」

「我々の故郷の星では、この方法で大丈夫だったと聞いていたのであるが……」

俺達《おれ》がいるこの星では、ただ速く投げ上げるだけで物体を宇宙に打ち上げるのは難しい。

速度の速い物体は空気の壁にぶつかるようにして急激に速度を失ってしまうため、あっという間に減速して落ちてきてしまうのだ。

そのため『壊星』を打ち上げた時などには、空気の影響を受けにくいよう速度を抑えめにして、継続的に上向きの力を出力し続けるようなタイプの魔法を使っていた。

もちろんあれは『壊星』の力で復活したガイアスの力を使って初めて実現できたことだが……そこまでしなければ、宇宙に物体を打ち上げることはできないのだ。

恐らく彼らの星ではもっと重力が小さかったか、空気が薄かったのだろうな。

そのおかげで、単に上に向かって速度をつけるだけで宇宙への打ち上げが可能だったわけだ。

「その法術、上向きの力を発揮し続けるように作り変えられないか？」

今回の場合、一番手っ取り早くこの問題を解決する方法は、ミョル達に魔力災害の元凶……

恐らく一種の理外結晶か何かを打ち上げてもらうことだ。

なにしろ彼女らは、魔物に存在を認識されない。

理外結晶に近付くのも簡単だし、方法さえあれば打ち上げることもできるだろう。

だが……。


「法術は自分で作り変えられるようなものではあらざる。……この星に行ったら帰れないと言っていた者もいたが、こういうことだったのか……？」


ダメみたいだな。

どうやら法術は、作り変えることができないようだ。

やはり、何かと不便な力だな。


「……ミョル達は、帰れないのか？」

「母船の場所が分からぬゆえ、もとより帰れるつもりはあらざるよ。……しかし、もし場所さえ分かれば、あの法術で帰るつもりであった……」


どうやら彼女らは『母船』からやってきたようだ。

名前からして、一種の宇宙を旅する船……宇宙船とでも呼ぶべきものだろう。

宇宙船自体は前世の時代に何度か作ってみたことがあるので、ある程度のイメージはつく。

まあ、宇宙に行ったところで、宇宙のほとんどは何もない空間だったので、すぐに帰ってきたのだが。


しかし、問題は場所が分からないことだ。

こうなると、ミョル達の立場が気になってくるな……。


「ミョル達が、母船でどういう立場だったのか、聞いてもいいか？」

「もちろん構わざる。……そうだな、公式的な立場としては……反逆者ということになるだろうか」

「……反逆者か……」

帰る手段もなしにこちらに来たと聞いて、なんとなく予想はしていたが……どうやら魔力災害を起こした熾星霊たちの多数派は、この星を侵略したい派のようだ。
宇宙船の場所自体は、今も進めている解析で明らかになるだろうが、帰ろうとしても歓迎されるかは話が別だな。

「うむ。母船を支配している連中は、ほとんどが『侵略する者』だからな。……母船には我々の仲間もいるが、力を握っているのが『侵略する者』なのは認めざるを得ん……」

「侵略賛成派の割合はどのくらいなんだ？」

「上層部はほぼ全員、一般市民では……ほとんどいないだろうな。『星喰《く》い』などという夢物語に、どれだけの法力を投入するつもりなのか……正気の沙汰《さた》とは思えぬ」

やはり今の世界でも、狙《ねら》われているのは『星喰い』か。
この星の生物を全《すべ》て滅ぼす必要があるとなると、かなり遠大な目標に思えるが……なにか作戦があるのだろうか。

「ミョル達にとっても、法力は貴重なものなのか？」

「もちろんだ。法力は我々の生命維持にも必要なものだからな。……あの化け物を生む法力結晶を作るために使われた法力で、何万人の命が救えることか……」

何万人ときたか。

となると、その宇宙船には最低でも万単位の熾星霊がいるんだな。

気になる情報がどんどん出てきて、しばらく話していたいという気もするが……とりあえず今は緊急時なのも確かだ。

まずは魔力災害にカタをつけて、話はそれからにしよう。

「状況はある程度分かった。魔力災害の処理は、俺達で引き受けよう」

「さようか⁉　そんなことができるのか？」

「いくつか方法に考えはある。……ちなみに、さっきから何度か法術を使っているが、法力を使って命に問題はないのか？」

先程聞いた感じだと、彼女らは生命維持に法力を必要とするらしい。
人間が生きるために魔力を必要とするようなものだろう。

しかし、この星には法力など存在しないため、補充は不可能だ。
となると、彼女らが法術を何度も使った場合、生命維持に必要な分すら失って死んでしまうのではないだろうか。

「心配はありがたいが、大丈夫だ。法力不足で死に至るより先に、法術が使えなくなるからな」

「うむ。ちなみに先程まで法術が使えなくなっていたのは、一時的な攻性法力の不足によるものだ。すでに変換は完了したから、もう一度使えるぞ」

……法術を使う前には、事前に力の変換も必要なようだ。
聞けば聞くほど、不便な力だな。
ミロクが使っていた力のほうが、まだ便利だったような気がする。

「分かった。じゃあ、必要なタイミングになったら法術を頼む。まずは元凶の状況を確かめよう」

「了解！」

「了解いたした！」

◇

それから10分ほど後。

現地に向かった俺達は、魔力災害の発生地点付近までたどり着いていた。

「き、きりがないです……！」

「そんなに強くないけど、数が多すぎる……！」

次々と襲いかかってくる魔物を倒しながら、アルマとイリスがそう叫ぶ。

しかし、将魔族の時と違って、数で押し潰《つぶ》されるような感じはないな。
個々の力も現れる数も、あの時に比べれば段違いに下だ。
このまま戦い続けても、数時間は耐えられるだろう。

「あまり役に立てずにすまない」

「いや、大丈夫だ」

ミョル達はいつでも法術を使えるように、攻性法力を温存してもらっている。
そのため、戦闘はほとんど俺達だけで行い、ミョル達には偵察などを頼んでいる。
そんな中……先行していた熾星霊の1人が声を上げた。

「見えたぞ！」

彼が差した場所には……黒い壁のようなものがあった。
その壁からは絶え間なく煙のようなものが吹き出し、その煙の濃い部分へと周囲の煙が集合し……魔物へと変わっていく。

「あれが、魔力災害……！」

「あんなペースで魔物が生まれてたら、あちこち魔物だらけになっちゃうよ！」

「実際、そうなってたしな」

俺達から見える範囲だけでも、数え切れないほどの魔物が生まれ続けている。

このあたりだけで、1時間に何十万体……下手をすれば何百万体という魔物が生まれているのだろう。

その中で俺達に向かってくるのは、特に俺達に近い位置から生まれたもの達だけだ。

その処理だけでも、それなりに忙しい。

壁は真っ平らという訳ではなく、直径1キロほどにもわたる、巨大な円形をしている。

壁の高さは5メートルほどだろうか。

飛び越えようと思えば、飛び越えられる高さだ。

「どうしよう……？　飛び越えてみる？」

「いや、飛び越えるのは逆に危険だ。そのまま壁に突っ込んだほうがマシだろうな」

俺はこの壁を厳密に分析したわけではないが……魔力の状態と見た目を見れば、大体何が起こっているのかの見当はつく。

あの壁は恐らく、人間には無害だろう。

「そ……そんなことして大丈夫ですか⁉」

「試してみよう。安全を確認できたら言うから、後で入ってきてくれ」

「え、ちょっ⁉」

アルマの驚く声を聞きながら、俺は一切《いっさい》減速せず壁に突っ込む。

あの壁が予想とは違ったものだった場合、イリスなどを先頭にしていると危ない可能性もあるからな。

まあ、その可能性は極めて低いと分かっているからこそ、このように何の準備もなく飛び込んだのだが。

「大丈夫そうだ！」

壁はまるで何もないかのように、俺に素通りを許した。

体には何の異変もないし、それどころかむしろ調子がいいくらいだ。

目をつむっていたとしたら、そこに壁があったとすら気付かなかっただろう。

「大丈夫だ！　こっちに来てくれ！」

「りょ……了解！」

「分かりました！」

そう言ってルリイ達3人が、恐る恐るといった感じで飛び込んでくる。

そして、何も起きないことに驚いたような顔をした。

「わ、私達も入って大丈夫であるか？」

「ああ。大丈夫だ」

俺の言葉を聞いて、ミョル達も壁の中に入ってくる。
やはり彼らにも、何も起きなかった。

「何の感触もないけど……この壁って何だったの？」

「目に見えない魔力が、この壁を境にして、見える魔力になっているだけだ。……こうすると、魔力の流れが分かりやすいな」

俺は収納魔法から1枚の葉っぱを取り出して、空中にかざす。
すると……葉から壁がある側に向かって、黒い煙が吹き出した。

「確かに……あの壁に向かって、すごい魔力が流れてますね」

「魔力災害の近くで戦ってたせいで、慣れちゃってたけど……ものすごい魔力の流れだね……！」

「ワタシも、なんとなく分かります！　……でも、どうして黒くなるんですか？」

イリスの疑問はもっともだろう。

こんな状態の魔力は、ほとんど見る機会がないからな。

俺も、前世にあった専用の魔法研究施設の中でしか、こんなものを見たことはないし。

「あまりにも高密度な魔力は、目に見えるようになるって話は知ってるな？」

「さっきの、魔物になってた煙とかですよね？」

「ああ。目に見えるレベルになった魔力は、魔力災害として魔物を生み出す……ここまでは前に説明したが、実はそれは汚れた魔力だけの話なんだ」

この世界の多くの魔力は、魔力がくっついて塊になったもの……『魔素』を含んでいる。

魔素自体は目に見えない大きさだが、その魔素が一定の濃度を超えると、魔素同士がさらにくっついて、目に見える大きさになる。

そして、目に見える大きさになった魔素塊がさらに集まることによって、魔物が生まれるのだ。


魔力災害は、名前こそ『魔力』災害だが……実質的には、魔素によって引き起こされる災害と言っていい。

魔石を砕いて魔力を引き出す『特殊魔力エンチャント』が魔力災害につながりやすいのは、魔石が特に多くの魔素を含んでいるからだ。


『特殊魔力エンチャント』は特に危険だが……魔力に魔素が混ざっている以上、魔力濃度が高い場所は魔素濃度も高くなる。

そのため、基本的に魔力が大量に集まれば、魔力災害が起こることになる。

魔素による災害が『魔力災害』と呼ばれているのは、分析系の魔法が未発達で魔素と魔力の見分けがつかなかった時代の名残《なごり》だな。


そして……逆に言えば、魔素を含まない魔力があれば、どんなに膨大な量の魔力を使った魔法の制御を失おうと大丈夫なのかというと……それも違う。

魔力の濃度があまりにも高すぎる場所では、ちょっとしたきっかけで魔力同士が結合し、魔素へと変わってしまうのだ。

例えば、地面の近くを高濃度な魔力が移動しているだけでも、地面の凹凸《おうとつ》によって魔力同士がぶつかり合い、魔素が生まれてしまう。

こういった事情で、『高濃度かつ魔素を含まない魔力』というものは、存在が非常に難しい。

そして、この壁の中心で魔力を放ち続けている『理外の術』は、魔素を含まない純粋な魔力を吹き出し続けている。

それらは四方八方に広がりながら、段々と魔素へと変わっていき……ちょうどあの壁のあたりで、魔素塊が生まれる濃度になるというわけだ。

魔力環境の変化によって、たまに魔力が汚れるのに必要な距離が変化するのか、壁は時々動いているようだな。

「……なんだか難しい話になってきました」

「要するに、ここの魔力はキレイだから目には見えないってこと？」

「そういうことだな。空気中を移動するうちに段々魔力が汚れていって、ある程度汚れると見えるようになる感じだ」

魔素が黒く見える理由をイリスたちに説明するのは、一旦《いったん》後回しにしたほうがよさそうだな。

このあたりは色々と複雑な魔法理論も絡《から》んでくるので、正確な説明をしようとすると数日はかかってしまうのだ。

特に、あの黒い壁の高さが5メートル前後な理由などは、かなり面倒な計算が必要になるはずだしな。

「つまり、あの壁の中はキレイな魔力だから、安全ってことでしょうか？」

「とりあえず、小さい魔物とかは入ってこないと考えていいな」

魔物は魔力が多い場所を好むが、あまりに魔力濃度が高すぎる場所は、逆に避けるようになる。

そういった場所はドラゴンなどの、魔物を捕食する超大型魔物のすみかとなりやすいため、本能的に回避するのだろう。

ここまで魔力濃度が高い場所となると、魔物はまず入ってこないと言っていい。

魔物たちがまっすぐここから離れるように移動していたのも、あまりの魔力濃度に恐れをなしたからだろう。

自然界はおろか、前世時代の実験施設のような場所でも、ここまで魔力濃度の高い場所はほとんど見つからないからな。

「さっきから、体が軽い気がします！」

「私も……魔力のお陰でしょうか？」

「ああ。空気中の魔力が多いからだろうな。魔力回復にも使えそうだ」

人間の体は、かなり魔力に頼って動いている。

ここまで魔力濃度が高いと、体内にも魔力が溶け込んで一体化するので、筋肉などの動きもよくなるのだろう。

魔素の多い魔力だとこうはいかないのだが……魔力災害の元凶も、悪いことばかりではないようだな。

「……素晴らしい環境だな。何年かここにとどまって、魔法の鍛錬に使いたくなる」

前世の俺……それも鍛錬をやり尽くす前の俺なら、間違いなくやっていただろうな。

魔力災害は自動討伐用の魔法システムを組めば抑え込めるし、これだけ無尽蔵の魔力があれば、食料などの問題も力技で解決できる。

これだけ大量の魔力があるのなら、色々と有効活用のしかたもあるだろう。

「待たれよ。この中は安全かもしれないが、外の民はどうなる」

「もちろん、今はやらないぞ。……そもそも危険すぎるしな」

俺はそう言って、頭上を指す。

そこには綺麗《きれい》な円形の、真っ黒い雲のようなものが浮いていた。

「なんか、黒い雲があるけど……」

「いや、あれは雲じゃない。汚れた魔力……あの黒い壁と似たようなものだ」

水平方向と同じく、上に向かって流れた魔力も段々と汚れ、いつかは魔力災害に変わる。

しかし地上を流れる魔力は、草木などの影響によって急速に汚れていくのに対して……魔力が魔素に変わるきっかけが少ない空中で、上に向かって流れる魔力は、汚染の進み方がゆるやかなのだ。

そのため地上のように、あっという間に魔力が魔素だらけになって魔物が生成されるようなことはなく、黒い雲はゆっくりと広がっていく。

問題はその後だ。

地上に集まった魔力は、なにかと外部からの刺激が多いため、何かしらのタイミングで魔物へと変わっていく。

「でも、魔物が出てきてないです！」

「そこが問題なんだ。無数の魔物を生み出せる量の魔素が、魔素のまま溜《た》まっている。……上空は刺激がなさすぎて、魔物が生まれないんだな」

上空には、ほとんど外部からの刺激がない。

魔力や魔素は風によって流されることはないので、たまたま魔物が通りがかりでもしない限り、魔素や魔力に対しての刺激がないのだ。

その結果……上空に溜まった魔力は、魔物に姿を変えることがないまま、その場にとどまり続けていくことになる。

こういった場合、普通は魔素があちこちに散らばって、何も起きないまま空気に溶け込んでいくのだが……今回はあまりにも魔素の量が多すぎて、魔素の拡散が生成に追いついていない。

そのため、ギリギリ魔力災害が起きない状態のまま、魔素量だけが膨れ上がっているのだ。

「……つまり、なにか刺激があったら、魔物になるってことですか？」

「そういうことになる。……壁を飛び越えたくなかったのは、できるだけ上空に魔法的刺激を与えたくなかったからだ」

一応、地上に近い魔力は魔物に変わってくれているので、刺激を与えても大した問題はない。

しかし、黒い壁よりも上の魔力に、そういった保証はないのだ。

「とりあえず、元凶の『理外の術』を見に行くか。魔法を使ったり、高くジャンプしたりしないように気をつけてくれ」

「了解です！」

「分かりました！」

俺達はそう言って、静かに『理外の術』の元へと歩き始めた。

ちなみにイリスの魔力は、『理外の術』の魔力があまりに膨大すぎて、逆にその中に溶け込めているようだ。

代わりに受動探知がほとんど使い物にならないが、今のところは問題ないだろう。

◇

「見事な法力結晶であるな。効果は私には分からぬが、凄《すさ》まじい法力を感じる」

魔力災害の中心にあったのは、直径30センチほどの赤い球体だった。

一見、ただの魔石にも見えてしまうが……球体の周囲が青く光っていて、それがただの魔石ではないことを示している。

法力とやらは俺には見えないが、凄まじい魔力の歪みとともに、無限にも思える量の魔力を放出し続けているのは確かだ。

「な、なんか肌がピリピリします……」

「私も……これ、近付いて大丈夫なんでしょうか？」

「……眩《まぶ》しいものを見て目が痛くなるような感じだな。受動探知の感度を下げれば大丈夫だ」

受動探知は、人によって感度が異なる。

一般的には訓練をすることによって、遠くの魔力や小さい魔力反応も探知できるようになっていくというわけだ。

だが、そうして遠くを見ることができるようになった受動探知には、この『理外の術』の魔力は逆に眩しすぎる。

そこで、訓練をする前に近い状態にすることによって、受動探知に過剰な刺激が入ってしまうことを防ごうというわけだ。

まあ人間の魔力探知は目に比べてはるかに頑丈なので、眩しすぎる物を見たくらいで壊れてしまうようなことはないのだが。

「えっと……あっ！　できました！」

「ボクも！」

どうやら二人とも、すぐに調整できたようだ。

魔法の基礎がしっかりしていると、このあたりはスムーズだな。

「……ワタシ、受動探知なんてしてないですよ？」

「イリスは大丈夫だ。気になるなら少し離れていてくれ」

ドラゴンの魔力回路は人間とは比べ物にならないほど頑丈なので、ただ量が多いだけの魔力によって傷ついてしまうようなことはない。

むしろ、質のいい魔力を大量に取り込める場所は、療養場所としてちょうどいいくらいだ。

まあ、異常な状況ではあるので、なんとなく本能的に危機感を覚えてしまうのは正常なのだが。

そう考えつつ俺は、周囲の魔力の状況を細かく観察していく。

法力結晶が発する膨大な魔力のせいで、逆に魔力探知がしにくいが……それでも時間をかければ、状況は見えてくる。

しかし、状況はあまりよくないようだった。

「これは……動かした瞬間に、あの雲が魔物になるな。恐らくドラゴンだ」

この法力結晶は、大量の魔力を放出し続けている。

今までは一箇所から魔力が吹き出し続けるような形だったので、魔素も一種の平衡状態で安定していたのだが……この法力結晶を1ミリでも動かした瞬間に、その均衡は崩れてしまうだろう。

その場合、恐らくドラゴン……それもイリスを超えるレベルの高位ドラゴンが生まれる可能性が高い。

一応、法力結晶も少しずつ力を消費して小さくなっているようなので、このまま放っておけば力を全て失って消滅するだろう。

しかし、それには恐らく400年から500年ほどかかるな。

「我々が試した時には、大丈夫であったぞ？」

「いつ試したんだ？」

「かなり前……この石が落とされた日であるな。動かすどころか何度も空高く打ち上げたが、何も起こらなんだ」

「……それは、まだ魔素が溜まっていなかったからだな。今は無理だ」

もし当日にここに来られていたら、話はだいぶ違っただろう。

しかし、今ではもう手遅れだ。

「じゃあ、魔素をどうにかして散らさないとダメってことですか？」

「できれば、そうしたいところなんだが……魔素を散らそうとすれば、その動き自体が刺激になってしまう。散らすのは難しそうだな」

「なんかマティ君、楽しそうな顔になってるけど……まさかドラゴンを作ってから倒すとか言わないよね？」

「当たりだ」

……俺はそんなに楽しそうな顔になっていただろうか。

確かに、この環境で高位のドラゴンと戦えるのは楽しそうだが……そんなに楽しそうな顔をしていたつもりはない。

楽しむ余裕があるというほど、簡単な戦いでもないだろうしな。

「ちなみに、出てくるドラゴンって……どのくらいの強さなの？」

「そうだな……弱くても、万全の状態のイリスが10人集まってようやく勝負になるレベルだ。ドラゴンの姿で『龍の息吹』を連発する前提だけどな」

「無理じゃん！」

俺の言葉を聞いて、アルマがそう叫ぶ。

まあ、普通の環境で戦えと言われたら、なかなか厳しいのは確かだな。

「でも、『理外の剣』がありますよね？　どんなに強いドラゴンでも、あれなら関係ないんじゃ……」

「関係ない……と言いたいところだが、大きさが問題だ。大型のドラゴンの首を斬《き》り落とそうと思ったら、最低でもこの10倍の長さが必要になる」

理外の剣は、確かに当たりさえすれば敵に刺さるだろう。

しかし、剣が根本まで刺さったところで、大型のドラゴンにとってはちょっとした切り傷にしかならない。

高位ドラゴンに接近し続けることの難しさを考えると、『理外の剣』は解決策にならないだろうな。

同様の理由で、『理外結晶』を矢じりにした矢もあまり意味がない。

剣ですら大したダメージにならないのだから、矢などはちょっとしたささくれが刺さった程度のものだ。

魔力に頼った生物が持つ『理外結晶』への一番の対抗策は、体を大きくすることなのかもしれない。

「……今度『理外結晶』が手に入ったら、もっと長い『理外の剣』を作りましょう！」

「折れて危ないと思うぞ……」

剣というものは、長くなればなるほど、根元に力が集中するようになる。

ただでさえ頑丈な魔法合金を使えない『理外の剣』でそんなことをすれば、あっという間に折れてしまうだろう。

必要な強度を確保しようと思えば、イリスですら振り回すのに苦労するレベルの重さになってしまう。

今の『理外の剣』は、強度と取り回しと重量の絶妙なバランスの上に成り立っているのだ。

というわけで『理外結晶』も使えない、イリスの竜の息吹でも何十発も必要……となると、状況はかなり絶望的に思える。

だが……これだけ魔力が満ちた環境であれば、話は別だ。

魔力の暴力というのは、なにかと便利なものだからな。

「ワタシの『竜の息吹』でも、あんまり効かないんですか……？」

「ああ。……魔力が少ないドラゴンの『竜の息吹』とか、食らったことあるか？」

「あります！　ちょっと熱かったです！」

「それと似たような感じだ。多少は熱いだろうし、あんまり連続で喰《く》らえば死ぬかもしれないが……1発や2発じゃあまり意味がない」

竜の息吹の威力には、ドラゴンによってだいぶ格差がある。

魔力災害から生まれるドラゴンは、イリスのようにちゃんとしたドラゴンとは少し違い、知能が低かったり人間になれなかったりといった特徴があるのだが……魔法的性質に限って言えば、むしろ魔力災害産のドラゴンのほうが強かったりもするのだ。

「イリスというのは、その女性の名であるよな？　まるで彼女がドラゴンであるかのような言い方だが……」

「あ、ワタシ、本当はドラゴンですよ！　見てみますか？」

「今すぐはやめてくれ。もう1匹ドラゴンが出てくることになる」

ドラゴンの姿になってみせようとしたイリスを、俺は慌てて止める。

魔力災害のドラゴンが出てきたところを倒すつもりではあるが、準備どころか作戦すら伝えていないタイミングで出てこられても困る。

などと考えていると……ミョル隊長が口を開いた。

「ドラゴンというのは、魔法の生物であろう？　……魔法の生物が10体いれば倒せる敵ということは……法術であれば簡単なのではないか？」

「……少なくとも、あの炎の法術じゃ無理だと思うぞ。全くの火力不足だ」

先程魔物を焼き払っていた法術は、確かにそれなりの威力だった。

あれを普通の環境で再現できる人間となると、今の世界で探すのは難しいだろう。

しかしイリスが使う『竜の息吹』に比べれば、あんな炎はロウソクのようなものだ。

発動の持続時間こそ長いが、威力自体は全く比較にならない。

あれで高位ドラゴンに太刀打ちできると思っているとしたら、魔法生物を甘く見ていると言わざるを得ないだろう。

「安心召されよ。あれは所詮、対集団用の法術……単体相手の場合、はるかに強力な法術があるゆえな」

「隊長だけではなく、我々もいるのである。魔法生物ごときは楽勝であろうな」

「うむ。あの壁から出てきた巨大な魔物どもですら、一撃で全滅であったからな」

どうやら彼女らは魔法生物との戦いに、絶大な自信を抱いているようだ。

もし彼女らが魔法戦闘師だとしたら、あの程度の力でドラゴンに勝てるわけはないのだが。

「ちなみに、どんな法術を使うつもりなんだ？」

「雷の法術であるな。発動と速度が凄まじいゆえ回避が不可能、かつ狭い範囲に威力を集中させられるゆえ、我々が使う法術の中でも対単体最強とも言える技だ」

……雷か。

確かに大昔だと、ドラゴンを含む飛行型魔物には雷魔法が有効とされていた時代もあったが……実際のところ、別に際立《きわだ》って有効という訳ではない。

ただ高威力な魔法を扱う時に、雷系の魔法にすると比較的扱いやすいというだけだ。

魔力効率などで言えば、少し扱いにくいが隕石系の魔法などのほうがずっとマシだろう。

「……物体の硬さを無視して切断できる『理外の術』とかはないのか？」

「『空間切断法術』のことであるか？　あのような戦略法術は生身では発動できん。法力結晶が必要だ」

「つまり、これがあれば使えるのか？」

俺はそう言って、小さな理外結晶……彼らの言い方で言うと、法力結晶を見せる。

これはアルマの矢などに使うために持ち歩いているものだ。

素手で触ると魔族になってしまうため、扱いには注意が必要だが……魔力を破壊する力を持っているため、なにかと便利だったりする。

「いや……それは『空間切断法術』とは別種の法力結晶のはずだ。強い力を秘めていることは分かるが、どのような効果なのかは見当がつかないな」

やはり法力結晶にも色々と種類があるようだな。

人間を魔族に変えたり、魔法を破壊したりするこれは、もしかしたら侵略派がこの星の人間への対策として作ったものなのかもしれない。

「そうか……なら、雷の法術とやらを使うのがよさそうだな」

「うむ。まあ戦闘のことは我々に任せてくれても構わぬぞ。便利さでは魔法に勝てないようであるが、殺したり壊したりするのは法術の得意分野であるからな」

どうやら自信はあるようだな。

とはいえ……ドラゴンと戦ったことのない彼らが、どのくらいあてになるかは分からない。

「私達は、どうやって戦うんですか？」

「イリスに乗って、敵の攻撃を避けながら戦う」

「なんか、普通の作戦っぽいけど……ボク達の攻撃って、あのドラゴンに効くの?」

アルマが当然の疑問を口に出した。

イリスの竜の息吹が効かないと聞けば、当然の疑問だろう。

「普通なら効かないが、この空間なら別だ。……魔法を使うとき、周囲の空間を『自分の体の一部』だと思って、魔法を使ってみてほしい。普段からは想像もつかない威力が出るはずだ」

「……今試したら、ドラゴンが出てきちゃうよね?」

「ああ。試すのはドラゴンの生成が始まってからになる」

俺の言葉を聞いて、アルマとルリイの表情に緊張が走った。

今まで二人は、敵がいない場所で練習し、完成させた魔法だけを戦闘で使うようなことが多かった。

敵の目の前で新たな技術を習得し、それを使って戦う必要があるとなると、緊張するのも仕方がないだろう。

「私はいつも通り、アルマの補助ですか？」

「いや、ルリイも敵に魔法を撃ち込んでくれ。……魔石の魔力量だと、ドラゴンにはほとんど効果がないからな」

普段のルリイはアルマの矢に付与魔法をかけ、アルマと二人で戦っている。

しかし、矢に仕込める魔法の出力は、矢に仕込む魔石に依存する。

今回想定されるような相手には、効かないと考えていいだろう。

「私、栄光紋ですけど……」

「大丈夫だ。これだけ魔力があれば、戦闘用魔法も問題なく使える。楽しいと思うぞ」

これだけ魔力の多い場所だと、普段の自分では絶対に手の届かないような魔法を使うことができる。

魔力量も気にせず、大規模魔法が使い放題だ。

魔法戦闘師で、これを楽しいと感じない者はいないだろう。

「ワタシは、攻撃を避けるように飛び回ればいいんですね！」

「ああ。タイミングがあれば、1発だけ『竜の息吹』を撃ってくれ」

「了解です！」

これで、とりあえず作戦は伝え終わったな。

使う魔法は、どれだけ周辺の魔力を扱えるか次第で、その場で判断してもらったほうがいいだろう。

それができるように、今まで魔法の勉強をしてきたわけだしな。

「先程からドラゴンの話ばかりであるが……あの法力結晶はどうするのであるか？」

「うむ。ドラゴンは我々で倒せるのであるから、むしろそちらを考えていただきたい。我々の法術は、戦闘以外に向かぬゆえな」

「空中に溜まった魔素さえ何とかしてしまえば、移動魔法で簡単に運べるから問題ない。必要な魔力は法力結晶が出してくれるしな」

宇宙に物を運ぶ際、問題になるのは魔力だけだ。

魔力さえなんとかなるなら、使える魔法はいくらでもある。

「簡単であるか……我々もマホウを勉強したいものだな」

「残念ながら、難しいと思うぞ」

ミヨル隊長の言葉に、俺はそう答える。

魔力が全くない、魔力を扱うための魔力回路もないとなると、魔法の習得は困難だろう。

「さて、作戦は大丈夫か？」

「大丈夫です！」

「うん！」

「やってみます！」

俺は3人の言葉を聞いて、周囲の魔力状況を最終確認する。

これならいけそうだな。

「イリス、ドラゴンの姿になってくれ」

「了解です！」

そう言ってイリスが、ドラゴンへと姿を変える。

巨大なドラゴンの出現により、周囲の魔力が揺れ……上空にあった雲が、一点に収束し始める。

それを見ながら俺達はイリスに飛び乗った。

「上がってくれ！」

俺の言葉を聞くなり、イリスが凄まじい速度で上向きに加速した。

普段とは比べ物にならない加速度で、俺達はイリスの背中に押し付けられる。

「す……すみません！　なんか思ったよりスピードが出ちゃって……」

「魔力が多いからだな」

「大丈夫！　ボク達の身体強化も強くなってるみたい！」

イリスの背中に乗るとき、俺達は加速に耐えるために身体強化を発動している。

周囲の魔力によって、身体強化も普段より出力が上がっているため、加速には問題なく耐えられたのだ。

もし普段の出力の身体強化だったら、骨の1本や2本は折れていたかもしれない。

「す、すごい大きいドラゴンですね……！」

飛び立ったイリスが、上を見上げる。

そこにはイリスの数倍の大きさのドラゴンが、こちらを見下ろしていた。

そんな中……地上に残ったミョル隊長が、両手をドラゴンに向けた。

「魔法生物よ、我らが法術の力を知るがいい！」

そんな言葉とともに、巨大な雷がミョル隊長から放たれる。

雷はドラゴンの頭部を、避ける暇もなく撃ち抜いた。

「流石に、法術相手は分が悪かったようだな。殺す壊すしか能のない法術も、たまには役に……」

ミョル隊長の言葉は、途中で止まった。

爆発《ばくはつ》の中から、全くの無傷……というか攻撃が当たったことにすら気付いていない様子のドラゴンが顔を出したからだ。

「……これは……いかに？」

ドラゴンを見て、ミョル隊長が困惑の声を上げる。

先程までの口ぶりからすると、今の一撃で勝負は終わりだとでも思っていたのだろう。

……一撃であの魔物を倒そうと思えば、最低でも１０００倍は威力が必要だったはずなのだが。

「総員、最大出力の法術を以《もっ》て、あの魔法生物を滅殺せよ！　斉射！」

「御意！」

ミョル隊長の指示を受け、熾星霊たちがタイミングを揃《そろ》えて雷の法術を放つ。

発動のタイミングが10分の1秒もずれていないあたりは、戦闘集団としての鍛錬を感じるな。

だが……全く同時に着弾した雷は、またも効果を及ぼさなかった。

そして、ドラゴンは口を開く。

『竜の息吹』の構えだが……その狙いは明らかに、熾星霊ではなく俺達だった。

熾星霊たちの力を見た限り、彼女らの『法術』では『竜の息吹』に耐えられない。

彼女らが幸運だったのは、魔力災害から生まれたドラゴンは知能が低く、魔力を持たない人間を生物として認識できないことだろう。

魔法染料の魔力は、あのドラゴンからしたら誤差レベルなので、存在にも気付かれないだろうしな。

「ワタシ達、まだ何もしてないのに！」

「っていうか、あの距離から届くの⁉」

はるか上空で生み出されたドラゴンは、俺達から見て5キロ近くも上にいる。

だが、それでも『竜の息吹』は届くだろう。

むしろ『竜の息吹』のような破壊しやすい魔法は、射程ギリギリから撃たれたほうが厄介なくらいだ。

などと考えつつ俺は……5キロ先の魔力を操作して『竜の息吹』の術式に衝突させ、術式を破壊した。
こんなに遠くの魔力を操作するのは久しぶりだな。
失格紋では普段、こんな真似はできない。

「術式は壊したぞ」

「あ、あんなに遠くに魔法が届くの⁉」

「ああ。試してみるといい」

これだけ遠くの魔力を操作できてしまうのは、先程ルリイとアルマに言った通り、空気中の魔力を自分の体の一部のように扱っているからだ。
超高濃度かつ純度の高い魔力は、こうやって簡単に制御できてしまう。
空気中にあった大量の魔素はドラゴン生成に伴って吸収されたので、今残っている魔力は操作しやすいものだけだというわけだ。

実のところ魔法使いたちは、似たようなことを普段からやっている。

火の玉の魔法を使うとき、自分の手に触れた状態で魔法を生成する人間はいないだろう。

そんなことをすれば、火傷をしてしまうからな。

彼らが火傷をせずに済むのは、自分の手からある程度の距離……大体10センチほどを空けた場所で火の玉を生成しているからだ。

自分から10センチ以内の魔力を自分の体のように扱って、その表面で魔法を発動していると言ってもいい。

今の環境では、普段は10センチ以内でしかできないことが、何キロも先まで行えるというだけの話だ。

とはいえ、いくらでも無制限に制御できるというわけではない。

ただでさえ遠距離での魔力制御が苦手な失格紋では、あんな遠くの魔力は少し動かすのが精一杯だ。

まともに攻撃魔法としての威力を確保しようと思ったら、距離は500メートルが精一杯だろう。

などと考えていると……ドラゴンの周囲の空間から、大量の炎が吹き出した。

2箇所から少しずつタイミングをずらして放たれた炎は、ドラゴンを焼き……ドラゴンが怒りの声を上げる。
効いてはいなさそうだが……法術と違って、当たったことに気付いてはくれているようだな。

「おおー！　当たった！」

「私のも当たりました！」

ルリイとアルマが、驚きの声を上げる。
今の魔法は『魔力焼却』と呼ばれる、極めて原始的な炎魔法の一つだ。
ただ魔力を炎へと変え、相手へとぶつける……魔法の構造としてはバルドラ王国で使われている『ファイア・ボール』よりさらに単純な魔法だな。

しかし、単純だからこそ効果的でもある。
この魔法は威力を上げても魔力制御が複雑にならないため、威力を上げるのが比較的簡単なのだ。

当然、この魔法にはデメリットもある。

多くの魔法が複雑な構造を必要とするのは、魔力効率のためだ。

この魔法は魔力効率を度外視し、膨大な魔力を食うことを許容しているからこそ、単純かつ高威力な術式を実現できる。

逆に言えば、魔力が無尽蔵と言っていい今の状況では、この魔法にデメリットは存在しない。

「なっ……我々の法術より、威力が高いではないか！」

「マホウは戦闘には向かない技術と聞いていたが、あんな真似ができるのか⁉」

炎を見て、熾星霊たちが驚きの声を上げる。

やはり彼らは、魔法の力を甘く見ていたようだな。

確かに『理外の術』は魔法では不可能なことを可能にするが、魔法が何もできないと思ってもらっては困る。

無尽蔵の魔力を得た魔法が、どれだけ理不尽な力を発揮するかを……見せるときが来たようだ。

あとがき

はじめましての人ははじめまして。前巻や他シリーズ、漫画版などからの方はこんにちは。進行諸島《しんこうしょとう》です。

このシリーズももう18巻です。20巻の大台が見えてきました。

アニメや漫画から来られた方もいらっしゃると思うので、一応シリーズの説明です。

本シリーズは強さを求めて転生した主人公が、技術の衰退《すいたい》した世界の常識を破壊しつくしながら無双《むそう》するシリーズとなっております。

それはもう、圧倒的に無双します！

1巻からこの18巻まで、そこは一切変わっておりません。

もちろんアニメにあった部分も、展開の都合上カットになった部分なども細かく書いていたりもするので、気になっていただけた方はぜひ手に取って頂ければと思います。

さて、1巻を書いたのはもう随分昔のことになりますが、その1巻で出てきた『宇宙の魔物』

に近い存在が、ついにこの18巻で登場します！

宇宙の『魔物』と言っていいかはまたちょっと微妙なところですが……いずれにしろ、違う星から来た、魔法とは違う力を持つ存在であることは確かです。

とはいえ、これは剣と魔法のファンタジーです。急にＳＦになってしまったりはしませんし、主人公無双の路線が変わることもありません。

ぜひ安心して楽しんでいただければと思います。


さて、謝辞《しゃじ》に入りたいと思います。

今も続く膨大な量の監修の中、多方面でサポートをしてくださった担当編集の皆様。

そしてアニメ化に尽力して下さった、ライツ部の皆様。

素晴《すば》らしい挿絵《さしえ》を書いてくださった風花風花《かざばなふうか》様。

漫画版を描いて下さっている、肝匠《かんしょう》先生、馮昊《ひょうこう》先生。

アニメ版に関わってくださった、アニメスタッフの方々。

それ以外の立場から、この本に関わってくださっている全《すべ》ての方々。

この本を出すことができるのは、皆様のおかげです。ありがとうございます。

18巻も、今まで以上に面白いものをお送りすべく鋭意製作中ですので、楽しみにお待ち下さい！

最後に宣伝《せんでん》を。

『失格紋』コミック24巻がこの本と同時発売となります！

興味を持っていただけた方は、ぜひコミック版のほうもよろしくお願いいたします！

それでは、次巻でも皆様とお会いできることを祈りつつ、あとがきとさせていただきます。

進行諸島

GAノベル

失格紋の最強賢者18
～世界最強の賢者が更に強くなるために転生しました～

2023年9月30日　初版第一刷発行

著者　進行諸島
発行人　小川 淳
発行所　SBクリエイティブ株式会社
〒106-0032　東京都港区六本木2-4-5
03-5549-1201　03-5549-1167(編集)

装丁　AFTERGLOW
印刷・製本　中央精版印刷株式会社

ISBN978-4-8156-2117-9
Printed in Japan

ファンレター、作品のご感想をお待ちしております。
〒106-0032　東京都港区六本木 2-4-5
SBクリエイティブ株式会社
GA文庫編集部 気付

「進行諸島先生」係
「風花風花先生」係

本書に関するご意見・ご感想は
下のQRコードよりお寄せください。
※アクセスの際に発生する通信費等はご負担ください。

https://ga.sbcr.jp/

最強のさらにその先を目指す、
戦う魔法使いの物語！
大ヒットファンタジーを
進行諸島先生×
風花風花先生の
殲滅魔導の
最強賢者
無才の賢者、魔導を極め最強へ至る
原作：進行諸島（GAノベル／SBクリエイティブ刊）
キャラクター原案：風花風花
漫画：月澪＆彭傑（Friendly Land）
(c) Shinkoshoto / SB Creative Corp.Original Character Designs: (c) Huuka Kazabana / SB Creative Corp.

コミカライズ！
マンガUP！にて
大好評連載中！
最強を目指す、
戦う魔法使いの物語！
失格紋の最強賢者
～世界最強の賢者が更に強くなるために転生しました～
原作：進行諸島（GAノベル／SBクリエイティブ刊）
キャラクター原案：風花風花
漫画：肝匠＆馮昊（Friendly Land）

異世界転生×賢者＝無双!?
「小説家になろう」で大人気！
「失格紋の最強賢者」ペアが贈る、
もう一つの異世界最強譚！

マンガUP!
にて
大好評連載中
!!!
転生賢者の異世界ライフ
～第二の職業を得て、世界最強になりました～
原作 進《しん》行《こう》諸《しょ》島《とう》(GAノベル／SBクリエイティブ刊)
漫画 彭《ポン》傑《ジェー》(Friendly Land)
キャラクター原案 風《かざ》花《ばな》風《ふう》花《か》

試読版は
こちら!

試読版は
こちら!

第16回 GA文庫大賞
GA文庫では10代～20代のライトノベル読者に向けた
魅力溢れるエンターテインメント作品を募集します！
物語が、華ひらく。
イラスト／風花風花
大賞賞金300万円+コミカライズ確約！
◆募集内容◆
広義のエンターテインメント小説（ファンタジー、ラブコメ、学園など）で、日本語で書かれた未発表のオリジナル作品を募集します。希望者全員に評価シートを送付します。
※入賞作は当社にて刊行いたします　詳しくは募集要項をご確認下さい
リニューアルで選考課程を一新!!!
応募の詳細はGA文庫公式ホームページにて
https://ga.sbcr.jp/